Waco
Good Girl

Laura Waco

Good Girl

P. Kirchheim

Satz aus der Garamond im Verlag
Umschlag: Klaus Detjen
Druck und Bindung:
Pustet, Regensburg
ISBN 3-87410-086-3

GOOD GIRL

Schöne Griechen

Freitags um die Mittagszeit fiel die Tante immer in Ohnmacht. Der böse Blick der Mitmenschen verfolgte sie. Niemand gönnte ihr den Ehemann, die zwei Töchter und ihren Laden. Keiner gönnte ihr das, was sie sich erkämpft hatte, und so wurde sie jeden Freitag bewusstlos um den bösen Blick abzuwenden.

Tui tui tui, Zunge an der Oberlippe, machte ihr Mann, Dudu, das gute Herz, Spuckespritzer ins Leere über ihre rechte Schulter. Prompt gähnte die Tante dreimal, wobei sie den Mund so weit aufriss, dass nur noch zwei Augenschlitze und ein Loch voller Plomben zu sehen waren. Und sackte zusammen. Der Onkel fing sie auf und zog sie auf die hellbraune Couch an der Wand gegenüber dem Fernsehgerät, das in einer Ecke neben dem Fenster zur Bloomfield Street hinaus stand. Wenn er draußen keinen Kunden vor der Ladentüre sah, lag sie manches Mal eine Ewigkeit da wie eine Tote, und der Onkel hockte neben ihr und blickte gedankenvoll oder auch gedankenlos zum Fenster. Sah er einen Menschen auf die Treppe, die zur Ladentür hinunter führte, zugehen, wedelte er geschwind mit seinem zerknitterten Taschentuch vor ihrem Gesicht, die Tante sprang auf und eilte die Stufen hinunter, unter den Bürgersteig, wo das Geschäft war. Dort verkaufte sie geblümte Baby-Dolls aus Polyester für die großen Mädchen und rosarote und himmelblaue Kleidchen mit

Spitzen für Babies und für Kinder, die schon laufen konnten. Winzige weiße Schühchen und Orlonfäustlinge führte sie, und pastellfarbene Höschen mit Rüschen, Gummihosen und Strumpfhosen und Mäntelchen und Mützen mit Ohrenklappen. Die Waren lagen in knisterndem Zellophan verpackt in einem drei Meter langen Holzkasten. In den Fächern an der Wand darüber türmten sich die steifen Büstenhaltertassen, die Gürtel und Korsetts. An der Wand gegenüber gab es drei Ankleidekabinen, die aussahen, als wären sie aus Pappe zusammengebastelt. Lehnte sich eine beleibte Kundin dagegen, gaben sie nach. Von der ersten Ankleidekabine bis zur Türe reihten sich auf Drahtbügeln karierte, gestreifte, getupfte und geblümte Hauskleider zum Knöpfen, die aussahen wie kurzärmelige Sommermäntel. Das waren die amerikanischen Liebestöter der Sechziger Jahre.

In Tantes Wohnung stand nur das Allernötigste. Nichts Buntes, an dem sich das Auge hätte erfreuen können. Die Zimmer waren alle gleich mit Wänden von unbestimmter Farbe bis auf das kleine, rosa Mädchenzimmer, das sich die zwei Kusinen teilten. Die Möbel in Tantes Schlafzimmer waren modern, praktisch und leicht, so dass man sie beim Staubsaugen mühelos vom Platz schieben oder heben konnte. Über dem Ehebett hingen Tantes Großmutter mit den traurigen, langen Lippen, und der schwarzbärtige Vater mit den durchdringenden Augen. Es waren dieselben Bilder, die Miriam von zu Hause her kannte. Die Tante rühmte sich, die Lieblingstochter ihres Vaters gewesen zu sein. Nur von ihr hätte er sich frisieren lassen.

Die Wohnung hatte eine zentrale kleine Halle, um die in einem Dreiviertelkreis das Wohnzimmer, das winzige Bad mit

Toilette, die Küche, das Nähzimmer, das kleine Zimmer der Kusinen und das Schlafzimmer von Tante und Onkel gruppiert waren. Der Teppichboden war grau, die wenigen Möbel haselnussbraun. An der Wand hinter dem Sofa im Wohnzimmer hingen eine blasse Schafherde und ein barfüßiger Hirte mit einer Flöte in der Hand an einem Weiher in einem hölzernen Rahmen, den die Kusinen einmal in der Woche abstaubten. Das Farbige, das Lebendige in der Wohnung war die Tante, wenn sie nicht ohnmächtig auf dem Sofa lag.

An der hellen Mauer neben den Stufen zum Tanteladen stand auf einem weißen rechteckigen Schild in schwarzen Druckbuchstaben ÄNDERUNGEN. Die Kundschaft der Tante bestand hauptsächlich aus griechischen Einwanderern. Gleich um die Ecke des Tanteladens befand sich ein griechisches Delikatessen- und Lebensmittelgeschäft, wo man für 35 Cent eine Salamisemmel kaufen konnte oder Coca-Cola und Neapolitanische Eiskrem in einer rechteckigen Pappschachtel. Als die Tante und der Onkel ihr Duplexhaus am Ende der Bloomfield Street in Park Extension anzahlten, wohnten vorwiegend Juden in der Nachbarschaft. Die zogen dann langsam in sogenannte bessere Gegenden Montreal's, und die Griechen zogen ein, und man nannte Park Extension die »griechische Gegend«. Ein Häuflein Juden wohnte noch dort, als Miriam, die deutsche Kusine, bei Mr. und Mrs. Lubinsky im kalten Herbst 1965 in der Bloomfield Street ein Zimmer mietete. In der Nachbarschaft war eine Betstube.

Nicht die Griechen, sondern ihre eigenen Leute, die Juden, waren es, die der Tante das Wohlergehen und die Kasseneinnahmen nicht gönnten. Die Tante sagte, sie neideten ihr das Geld und hätten den bösen Blick.

Eine von diesen Unglücksboten war Miriams Zimmervermieterin, eine runde, kleine Russin mit Stecknadelaugen und Zähnen wie Perlen in einem unschuldigen Puppengesicht. Sie kaufte ihren Enkelkindern Geschenke im Tanteladen. Ihr Mann war drahtig und zäh und so klein wie sie, und sah aus wie ein Krokodil, wenn er sein gelbes Gebiss trug. Stand es im Glas auf dem Nachttisch, schlurfte er mit verkniffenen Lippen herum.

Mr. und Mrs. Lubinsky waren schon lange vor dem Zweiten Weltkrieg nach Kanada eingewandert. Mrs. Lubinsky war zufrieden, doch Mr. Lubinsky nutzte jede Gelegenheit, wenn er die Zähne im Mund hatte, das Loblied auf das Leben in der Sowjetunion zu singen und seine Existenz in Kanada zu verfluchen. Wenn Miriam ihn frühmorgens in seinem gelbkarierten Schlafrock im Korridor traf, bekam sie auf ihr »Guten Morgen, Mr. Lubinsky« ein piepsend heiseres »Ist das ein Leben?« zu hören. Außer ihr hatten Mr. und Mrs. Lubinsky noch einen anderen Untermieter. Dieser war nicht alt und nicht jung, er war höflich und so groß wie ein Kleiderschrank. Ein Pole. Er hatte einen starken Akzent und grinste ständig. Er arbeitete in einem Schlachthof und hieß Lubinska. Einfach Lubinska. Vornamen hatte er keinen.

Mr. und Mrs. Lubinsky, Lubinska und Miriam teilten sich ein winziges Badezimmer mit Toilette in der kleinen Wohnung im ersten Stock in der Bloomfield Street. Tagtäglich, wenn er von der Arbeit nach Hause kam, zog Lubinska bereits im Parterre des Hauses seine schwarzen Latschen mit den Gummisohlen aus und ließ sie dort in einer Ecke stehen. Ob sie jemand stehlen würde, kümmerte ihn nicht, und tatsächlich hätte sie niemand angerührt. Sie stanken nach Edamer Käse. Sobald Miriam die Haustür öffnete, überfiel sie der Brechreiz. Sie beeilte sich auf der Treppe und hielt sich die Nase zu, bis sie die Wohnungstüre hinter sich geschlossen hatte. Mrs. Lubinskys Wohnung war blitzsauber.

Lubinska sah sie nur ab und zu. Er war ein ruhiger Mensch, der nach der Arbeit auf sein Zimmer und jeden Sonntag in die Kirche ging. Wegen seiner Größe und Breite, den Schlitzaugen und dem grundlosen Grinsen zwischen den fleischigen Ohren war er ihr unheimlich. Wenn sie allein in der Wohnung mit ihm war, plagte sie ein Unbehagen. Sie stellte ihn sich vor als Eindringling nachts in ihrem Zimmer, auf ihrem Körper, in ihrem Bett. Begegnete sie ihm im Hausflur, lächelten sie sich gegenseitig an, sie kurzatmig wegen des Edamer Käses. Nur einmal während der zwei Jahre, in denen sie dort lebte, sprach er mehr als einen Satz zu ihr. Sie solle auf der Hut sein und sich von Mr. Lubinsky nicht zum Kommunismus überreden lassen, warnte er sie, der Mann sei verrückt und gefährlich, und man würde ihn noch einsperren eines Tages.

Am Türpfosten der Lubinsky-Wohnung hing keine Mesusa. Mr. Lubinsky sagte, der jüdische Glaube sei ein Aberglaube und er wolle nichts mit diesem Unsinn zu tun haben. Fremde Menschen brauchten nicht zu wissen, dass er jüdisch sei. Mrs. Lubinsky gestand bedauernd, ihr Mann sei ein Antisemit und leider zöge er Christus an der Wand über Lubinskas Bett einer Mesusa neben der Türe vor.

Vom Naziland hatten sie die Verwandten rausgeholt, sagten sie. Dankbar musste sie sein. Als Anerkennung dafür, dass die älteste Tochter ein neues Leben beginnen durfte, dort, wo die Erde nicht blutgetränkt war, erhielten Tante und Onkel ein Rosenthal-Service, ein Silberbesteck, eine Dresdener Kutsche mit Pferden, einen Karton Flaschen mit Stuhlgangmedizin und zwölf Dosen Feuchtigkeitskrem fürs Gesicht.

Die Stadt auf der unbescholtenen Erde erschreckte die neue Einwanderin mit schreienden Reklametafeln, Lichtern und Lärm. Sie war neu, aufregend, sie schmiss ihr klirrende Kälte ins Gesicht. Die Menschen eilten dicht gedrängt ihrem Ziel entgegen. Sie standen auch auf der Bushaltestelle nicht still. Sie rieben, Arme über der Brust gekreuzt, mit behandschuhten Händen ihre Mantelärmel, schützten die Nasenspitzen mit wollenen Fäusten, sie stampften mit den bestiefelten Füßen hin und her, sie hüpften auf und ab auf einem Fleck. Der eisige Wind vom St. Lawrence Strom hatte den Herbst früh davon gejagt. Schon im Oktober war der Winter eingezogen.

Mit schönen Griechen, die ihre Brotzeit in braunen Papiertüten trugen, fuhr sie täglich im 80er Bus die Park Avenue hinunter, vorbei am Mount Royal mit dem hohen Kreuz, in die Stadtmitte zur Arbeit in der Kanadischen Sun Life Versicherung. Die Stellung hatte sie eine Woche nach ihrer Ankunft in Montreal bekommen. Ihrem alten, jungen Leben trauerte sie anfangs nicht nach. Sie schob ihr Elternhaus, ihr Heimatland aus dem Weg und machte Platz für das Neue. Mit der gleichaltrigen kanadischen Kusine, englischen Diplomen einer Finishing School in Sussex, mit der deutschen Mittleren Reife und der Bestätigung der bestandenen Handelskammerprüfung war sie zu Import- und Exportfirmen, Krankenhäusern und Versicherungen gelaufen. Sie hatte in Personalabteilungen gewartet, Fragebögen ausgefüllt und auf amerikanischen Schreibmaschinen, die noch nicht elektrisch waren, einen Geschwindigkeitstest nach dem anderen abgelegt. Die zwei Diplome einer Zweigstelle der Universität Cambridge mit Wappenzeichen und Unterschrift des Vizekanzlers hatten ihren Eindruck nicht verfehlt. Und bei den drei weiteren Diplomen mit blütenumrankten beflügelten Bildhauern, Töpferengeln und himmlischen Schiffslotsen, zierlich gezeichnet mit schwarzer Tinte über der rotgedruckten, zweihundert Jahre alten Königlichen Gesellschaft zur Förderung der Kunst, des Gewerbes und des Handels, hatte man große Augen gemacht. Die deutschen Schulzeugnisse hatte man angeschaut. Ob man sie auch wirklich verstand, bezweifelte sie. Aber ein deutsches Zeugnis flößte Respekt ein. Deutsche Arbeitskräfte waren geschätzt. Sie waren fleißig.

Von acht bis zwölf und von eins bis fünf saß sie in der fensterlosen, weißbeleuchteten Stenotypistinnenhalle im ersten Stock der Versicherung, wo es qualmte vom Zigarettenrauch der Frauen in den Reihen der Schreibmaschinen. Ihr Anfangsgehalt betrug fünfundvierzig Dollar die Woche. Einen Hungerlohn nannte es die Ältere der zwei Kusinen geringschätzig, und sie sagte, dass sie, obwohl sie weder tippen noch stenografieren konnte, alleine deshalb weil sie ins College ging, kinderleicht ein Wochengehalt von hundert Dollar verdienen könne, auch wenn sie nur hübsch mit überkreuzten Beinen auf dem Drehstuhl säße, auch wenn sie nur einen Schmollmund machte, auch wenn sie nur Kaffee für den Boss holte. Die Kusine war mehr wert als Miriam, das solle Miriam sich merken. Ihr Zimmer kostete aber nur vierzig Dollar im Monat, und im obersten Stockwerk der Sun Life

Versicherung bekam sie, außer dem Blick auf den Großstadtverkehr, im Speisesaal ein reichliches und kostenloses Mittagsbuffet. Das Mittagessen sei mindestens zwei Dollar wert, hatte der Personalchef betont, und deshalb betrug ihr wöchentliches Gehalt zehn Dollar mehr als die Summe, die auf ihrem Lohnscheck stand. Sie kam gerade noch damit aus und konnte sogar die Prämien ihrer Lebensversicherung, zu der sie der Onkel überredet hatte, bezahlen. Doch ein- oder zweimal geschah es, dass sie an einem Wochenende vor Zahltag in den tiefen Manteltaschen und in den Fächern ihrer Handtasche nach Kleingeld wühlte, sich am Samstag in ihrem Bett unter der deutschen Daunendecke verkroch und den Sonntag mit einem Buch und einer griechischen Salamisemmel überbrückte. Hätte die Tante geahnt, dass ihr Magen knurrte, wäre sie entsetzt gewesen.

Die Tante war eine hervorragende Köchin. Sie machte ihre eigenen Gurken und ihren Schmalzhering ein. Schon früh am Morgen brutzelte es bei ihr im Ofen. Essen war schließlich das Wichtigste im Leben. Küssen und Umarmen, das sei alles Blödsinn, sagte die Tante. Wer einmal gehungert hat, der lacht über Liebe und andere Nichtigkeiten des Lebens. Der Mensch muss essen. Und so hatte die Tante ihre Kinder großgezogen, ohne Zärtlichkeit, mit einer köstlichen Küche. Trotz der Wärme des Backrohrs und des Spülwasserdampfes regierte Kälte in der Wohnung über dem Laden in der Bloomfield Street. Dem Onkel war die Tante Trost und die Kraft selbst. Den Töchtern war sie ein Vorbild. So stark wie die Mutter würden sie werden. In ihrer Unfähigkeit, die Kinder an ihr Herz zu drücken, war die Tante wie Miriams Mutter. Aber Miriams Mutter mit ihren sanften, blauen

Augen und den weichen Gesichtszügen war eine liebenswerte Erscheinung. Die Männer machten ihr den Hof. Die Tante dagegen hatte Luchsaugen, einen eher slawischen Knochenbau, der ihrem Gesicht etwas Hartes verlieh, Lippen wie ein Strich und pechschwarze toupierte Haare, die sich nicht bewegten. Dieser Kopf mit der Frisur war halb so groß wie die Tante. Er war überwältigend, dieser Kopf, laut und voller Forderungen an das Leben.

So klein wie die Tante und der Onkel waren auch die Töchter. Täglich verbrachten sie Stunden mit der Pflege ihrer glänzenden, dunklen Haarpracht. Bei den Alberto-VO5- und Breck-Schampoo-Werbungen vor dem Fernsehapparat versicherten sie Miriam, sie würden das Shampoo trinken, wenn es nur ihre Haare so schimmern ließe wie die der Schönheiten auf dem Fernsehschirm. Die Ältere war schlank, die Jüngere war dabei, schlank zu werden. Sie hatten grüne Augen wie der Vater. Die der Älteren waren rund und seicht wie ein Teich, tot ohne die Maskara und die türkisen Lidschatten, die der Jüngeren waren kleiner und klar mit grauen Pünktchen, blank wie die Augen einer Katze. Alle in der Familie hatten weiße Gesichter. In der Öffentlichkeit war nur der Onkel blass. Die Tante und die Töchter trugen das Make-up so dick auf, dass sie aussahen wie braungebrannte Schiläufer. Wie alt der Onkel war, wusste sie nicht. Sicher war er viel älter als die Tante. Behutsam setzte er einen Fuß vor den anderen. Seine Bewegungen sahen aus wie in Zeitlupe.

»Wer ist der Greis dort neben der Tante?«, hatte sie die Mutter vor dem Ausgang am Doral Flughafen gefragt an dem unheimlichen Nachmittag ihrer Ankunft in Kanada. Unheimlich, weil sie wenige Stunden zuvor ihre Heimat von der Höhe der Wolken aus hatte verschwinden sehen, und nun auf einem neuen Erdteil, zwischen fremden Menschen in einem unbekannten Land stand.

»Der Greis?«, hatte die Mutter gefragt. »Sieht er aus wie ein Greis? Das ist doch Onkel Dudu.«

»Wer?«

»Tante Adas Mann. Dein Onkel. Wer sonst?«

»So alt?«

»Er ist nicht so alt. Er sieht nur so aus.«

Das andere Kind

Der Onkel teilte das Leben in drei Kategorien ein: die Arbeit, das Lernen und das Sparen. Die zwei Kusinen hatten weder Eislaufen und Fahrradfahren noch Schwimmen gelernt. Die Freuden unbeschwerter Kindheitstage waren ihnen unbekannt. Unter der Woche, nach der Schule, halfen sie der Mutter im Geschäft. Abends plagten sie sich mit Mathematik, lernten französische Vokabeln auswendig und schrieben Aufsätze. Samstagmorgens wechselten sie die Bettwäsche und machten die Wohnung sauber.

Samstagabends, nach Geschäftsschluss, wenn die Tante sich hübsch machte und der Onkel mit Hängeschultern in Unterhosen auf den Badezimmerfliesen seine schlaffen Brüste und die Achselhöhlen einseifte, zupften sie der Mutter mit einer Pinzette die Haare vom Kinn, rasierten und kämmten den Vater, und, nachdem die Wohnungstür hinter Tante und Onkel zugefallen war, drückten sie Pickel vor dem Badezimmerspiegel über dem Waschbecken aus und sahen fern. Sonntagvormittags saßen sie schon wieder über den Schulbüchern, und nur wenn sie gute Noten nach Hause brachten, dann ließ sie der Onkel manchmal sonntagnachmittags in ein Kino oder Deli gehen.

Der Onkel war Schneider. Dank dieses Berufs war es ihm möglich gewesen, nach dem Krieg rasch auszuwandern. Drei Jahre lang hatte er im Lager Kostüme für die Gattinnen der

SS-Männer genäht. Seine Frau und seinen Sohn hatte man in die Gaskammer getrieben und ihn selbst hatte man mit Wurstbroten versorgt. Nach der Einwanderung hatte er in Kanada Futter in Pelzmäntel genäht und nebenbei zu Hause Änderungen gemacht. Als die Tante sich zur Geschäftsfrau entwickelte, gab der Onkel das Futternähen auf. Den ganzen Tag saß er gebückt an der Nähmaschine über dem Tanteladen und schneiderte für Privatkunden, die Tante und seine zwei Töchter. Über seinen ermordeten Sohn sprach er nicht. Miriam wusste nicht, wie er geheißen hatte. Der Onkel hatte rotumränderte, feuchte Augen mit entzündeten Schleimhäuten. Er weinte lautlos an der Nähmaschine. Seine Töchter fürchteten, er sei traurig, weil er seine lebenden Kinder nicht so innig liebte wie sein totes. Wie konnte es anders sein? Mit der Tante schlief er eng umschlungen. Sie stritten nicht. Die Tante hatte immer Recht. Die Kinder hatten selten Recht. Die Kinder - und Miriam gehörte nach ihrer Einwanderung zu dieser Kategorie - hatten eigentlich niemals Recht. Und hatten sie nicht Recht, waren sie schlecht. Aber Geschrei gab es keins. Der Onkel sagte zunächst leise und resigniert nur ein Wort. Er sagte: Okay. In der Regel waren es fünf Okays hintereinander in verschiedenen Tonarten. Das erste Okay bedeutete: Gut, wie du meinst. Oj, bist du schlecht: ein betrübtes Okay mit der Betonung auf dem »o«. Das zweite Okay stellte einen Einwand dar. Es war kräftiger, mit der Betonung auf dem »kay«. Das dritte Okay besagte, sie sei ein Idiot. Die erste Silbe war ein spöttisches »Ho«. Beim vierten Okay war man ein Vollidiot. Es war ein »Okahay«, halb gesungen, in drei Noten, wie um zu sagen: tu was du willst, du wirst schon sehen, was dir blüht! Nach dem fünften Okay würde er vielleicht kein Wort mehr mit einem reden. Es war ein Schlussstrich. Das Okay war so schlimm wie eine Ohrfeige. Nichts fürchtete sie mehr als das Okay des Onkels. Schon beim ersten, kaum hörbaren Okay schauderte sie, denn dem ersten Okay mussten die vier anderen folgen. Sie blieben nie aus. Kam es zu einem großen Konflikt, dann brummte der Onkel den ganzen Tag lang eine Kette von Okays vor sich hin. Je länger die Okays, destoweniger war die Sache in Ordnung.

Trotz der Röcke und Mäntel, die er seinen Töchtern schneiderte, ärgerten sie sich über ihn. Oft schloss sich die Jüngere, bereits in Kanada Geborene, im Badezimmer ein und schrie etliche Ich-hasse-Dichs zur Decke. Sie hieß Bronka. Das durfte aber keiner wissen. Als sie zwölf Jahre alt war, hatte sie angefangen, sich Rebecca zu nennen, und nachdem sie kurz darauf ihre Periode bekam und sich zu entwickeln begann, wurde sie Becky. Jeden Morgen, bevor sie zur Schule ging, legte sie ihr langes Haar auf das Bügelbrett in Onkels Arbeitszimmer und glättete es mit dem heißen Eisen. Der Onkel und die Tante fanden Beckys Haare das Schönste an ihr. Bronka, die sich Becky nannte, war fünfzehn Jahre alt und hatte einen festen Freund, mit dem sie nicht so oft ausgehen durfte und deshalb ständig telefonierte. Er hatte ihr eine silberne Nadel mit einer zartrosa Perle geschenkt, die sie am Kragen der weißen Bluse ihrer dunkelblauen Schuluniform trug. Das war der Brauch zur damaligen Zeit in der Neuen Welt. Die Anstecknadel bedeutete, dass sie einen Schatz hatte. Der Schatz war der Tante nicht sympathisch. Sie rief ihn Pulke. Er ähnele einem abgenagten Hühnerbein, sagte sie. Und obwohl die Tante liebend gern in eine Pulke hineinbiss, triefte diese Bezeichnung für den Freund ihrer Tochter und die Tonart, in der sie das »Pulke« ausspuckte, nur so von Verachtung. Und weil die ältere Kusine und der Onkel ihren Freund auch Pulke nannten, vergaß Becky manchmal, dass sie das »Pulke« schmerzte, und nannte ihn ebenfalls Pulke. Aber nicht in seiner Gegenwart. Pulke kommt, hörte man, oder: Pulke ist am Telefon, oder: Wo ist Pulke? Aaron hieß er. Er war dünn, sein Gesicht mit roten Pickeln übersät. Selbstverständlich war er jüdisch. Ein Nichtjude war unerwünscht, obwohl man den Judaismus nicht so sehr pflegte bei Tante und Onkel. Und weil es in der Neuen Welt recht viele Juden gab, konnte es sich die Tante leisten, sogar an einem jüdischen Boy herumzumäkeln.

Die Tante hatte für ihre Mitmenschen Bezeichnungen und Spitznamen parat. Fast keiner kam heil davon. Der protzige Bruder in Kalifornien war ein Knacker, der behaarte Verwandte in Montreal war ein Affe und eine Mieskeit, die großbusige Freundin eine Ente, die steife, zimperliche Schwester in New York war Etepetete, ihr gutverdienender Ehemann ein Schwitzer und Geizhals, Miriams harmlose Zimmervermieterin war die Hexe und ihr unzufriedener Mann der Zwerg. Die Menschen waren schlecht, man durfte ihnen nicht trauen, auch jenen nicht, mit denen die Tante zweimal in der Woche Karten spielte. Die Tante behauptete, ihre Freundinnen seien dumm und fett, allesamt, und sie rief sie nicht Frau oder Pani, wie es in Europa üblich war, sondern Zoscha, Soscha, Bronka und Zescha und Pescha und Mascha. Nach geselligen Zusammenkünften machte sie sich derart lustig über sie, dass die Frauen allein schon durch diese Namen entwürdigt wurden. Die Tante war klüger, gewandter, flinker, schöner, schlanker und besser als alle anderen. Die Tante hatte Autofahren gelernt. Der Onkel hatte Angst davor. Am liebsten blieb er zu Hause und sah sich jeden Sonntag Ringkämpfe im Fernsehen an. Vor wenigen Jahren noch hatte er seine Kinder ins Klo geholt, damit sie ihm auf den nackten Bauch drückten. Ein Häuflein Stoff auf den kalten Fliesen, kalkweiße Beine, der Bauch. Er hatte Verstopfung. Zarte Mädchenhände auf der nackten Wölbung unter dem hochgezogenen Unterhemd. Er schämte sich nicht. Sie nahmen ihm zwar seine Schwächen übel, aber trotzdem liebten sie Daddy, den armen Daddy. Man lachte nur, wenn Daddy nicht dabei war. Man schüttelte sich vor Lachen, aber nie in Daddys Gegenwart. Daddy war traurig. Manchmal schlüpfte er sonntagmorgens in eins der zwei Betten seiner Töchter. Daddy war ja zu bedauern. Trösten sollten sie ihn.

Lernen sollte man, lernen, fleißig sein und einen schönen, jüdischen Boy nach Hause bringen, einen Boy, der sich zu einem Heiratskandidaten entwickeln könnte.

Die Verabredung

Sie lernte, dass das Wort Verabredung eine Doppelbedeutung hatte. Die Verabredung, das »date«, war der Termin sowohl wie der Mensch, mit dem man sich verabredet hatte. Man ging also mit der Verabredung auf eine Verabredung. Der Samstag war der bedeutendste Tag im Leben eines Mädchens im heiratsfähigen Alter. Eine Schülerin in der obersten Stufe der Highschool war heiratsfähig, auch wenn sie nicht wusste, wo Peru und Finnland lagen. Blieb eine Heiratskandidatin am Samstag zu Hause, ließ sie das Telefon klingeln. Niemand sollte auch nur ahnen, dass sie im rosa Baby-Doll mit Coca-Cola und Kartoffelchips auf dem Teppich vor dem Fernseher saß. Der Erleichterung, wenn der langweilige Samstagabend vorüber war, folgte das Planen der Garderobe für die Männerjagd der darauffolgenden Woche. Entschloss sich ein mutiger Jüngling dazu, eine Schöne anzusprechen, behandelte sie ihn zunächst abweisend, denn es war ein unausgesprochenes Gesetz, so zu tun, als ob man überall derart begehrt wäre, dass man kaum einen Termin für eine neue Verabredung treffen könnte. Die gleichaltrige Kusine Fruma, die sich Frances nannte, hatte sich im vergangenen Sommer am Strand von Atlantic City in einen jüdischen Boy namens Bobby aus Boston verliebt. Damals war sie gerade in der Phase, in der man sie Fran rief. Er hatte ihr seinen grünen Ring geschenkt, als er sie zum letztenmal umarmte, bevor er zum Wehrdienst ging. Die Kusine trug den viel zu großen Ring mit Zwirn umwickelt am Mittelfinger ihrer rechten Hand. An ihrem linken Arm glänzte ein goldenes Armband. Die Form der aneinandergereihten Kettengliedchen erinnerte Miriam an Backsteine. Sie bewunderte das Armband. Die Kusine sagte, »Das ist aus Bergen-Belsen«, als ob es das Natürlichste der Welt gewesen wäre, Schmuck in Bergen-Belsen zu kaufen.

»Aber wer hat denn dort Schmuck gehabt?«, wollte Miriam wissen. Die Kusine schwor, dass ihre Mutter das Armband in Bergen-Belsen gekauft hatte, gleich nach ihrer Geburt im Jahre 1947, erklärte sie, bevor sie auf das Schiff ging. Für das Kind. Für später. Die Kusine sagte das so gelassen, als ob die Stadt des Armbands Paris wäre und nicht jener andere Ort. Schmuck in Bergen-Belsen. Miriam konnte es sich nicht vorstellen. Dass man an Schmuck dachte. Aber hatte man denn nicht wieder Hoffnung? Plante man denn nicht für eine Zukunft? Man brachte ja Kinder zur Welt danach. Trotzdem.

Fran zweifelte daran, dass ihr Bobby vom Vietnamkrieg zurückkehren würde. Sie nannte sich wieder Frances und stopfte Watte in ihren Büstenhalter; und wenn der Wattebusen auf der Treppe und in den Gängen des Sir George Colleges den Boy brachte, blätterte sie mit gefurchter Stirn im leeren Notizbuch auf der Suche nach einem freien Samstag. Mit der Samstag-Abend-Verabredung stieg der Wert des Mädchens in den Augen der Freundinnen und weiblichen Verwandten. Man sah sie bereits im Hochzeitskleid und Schleier. Mütter schmiedeten Pläne für die Zukunft. Fruma, die sich Frances nannte, schwor, dass sich kein Boy mit der deutschen Kusine verabreden würde, wenn sie nicht endlich anfinge, ihre Beine zu rasieren. Pfui.

Christmas

Miriam verliebte sich in Mr. Pescheles. Es tat sehr weh, denn Mr. Pescheles war mit Tantes Freundin, der blonden Soscha, verheiratet, der plumpen, blonden Soscha mit den großen Zähnen, die rote Kostüme trug, und stets fragte, ob Miriam einen Freund gefunden hatte. Sie fuhren ab und zu sonntags in Tantes Auto zu ihnen zu Besuch. Mr. Pescheles nähte Futter in Pelze. Die schwere Arbeit merkte man ihm nicht an. Miriam liebte sein glattes Gesicht mit den verschmitzten Augen. Er trug helle Anzüge und sah immer aus wie aus dem Ei gepellt.

Dabei war der frühere Mr. Pescheles im Kazett gewesen. Nicht er, ein anderer Mr. Pescheles. Der hatte gestunken. Nach der Befreiung aus Buchenwald fiel er neben dem Eisenbahngleis mit einem schwarzen Handtuch um die Schultern um vor Grausen. Das Handtuch bewegte sich auf seiner Haut, es lebte, es wimmelte von Läusen.

Jetzt glich er einem vertrauenswürdigen Diplomaten. Stellte sie sich den eleganten Mr. Pescheles als Muselmann im Kazett vor, liebte sie ihn umso mehr. Zärtlich wollte sie zu ihm sein, die Läuse und das Leid wiedergutmachen.

Obwohl Mr. Pescheles und seine Frau so alt waren wie die Tante und der Onkel, hatten sie ein kleines Kind. Das kleine Kind tat den Kusinen leid, weil es alte Eltern hatte. Die

Kusinen konnten nicht verstehen, was Miriam so herrlich an alten Männern fand.

Manchmal passte sie auf Mr. Pescheles kleines Kind auf, wenn er mit seiner Frau ausging. Und wenn er sie in seinem Auto spät nachts zurückbrachte, tat sie so, als wäre sie auf dem Autositz eingeschlafen. Hätte er sie doch wenigstens mit seinen nach Seife duftenden Händen berührt, um sie zu wecken. Aber er stieg rasch aus, riss die Wagentür an ihrer Seite mit einem Ruck auf, dass die Eiseskälte sie biss, und drückte ihr Dollarscheine in die wollenen Handschuhfinger. Er streifte ihre Stirn mit seinen weichen Lippen und fuhr zurück zur blonden Soscha.

Von Mr. Pescheles flüchtigen Gutenachtküssen vor der Lubinsky-Wohnung zehrte sie während des ersten Winters in Kanada. Und wenn sie abends nach der Arbeit an der Bushaltestelle in der vom Schnee und Neonlicht erhellten Kälte Mann und Frau aneinandergeschmiegt stehen sah, sehnte sie sich nach Mr. Pescheles und träumte von Mr. Pescheles bis der Bus kam. Im Bus saß er neben ihr. Er stieg an ihrer Haltestelle aus, er begleitete sie auf ihr Zimmer. In ihrem Bett umarmte sie ihn, bis sie einschlief, und er sich in ihrem Schlummer in einen Satyr verwandelte und sie schändete.

Morgens um sechs Uhr schrillte der Wecker auf dem Schreibtisch neben dem eingerahmten Bild des ermordeten John F. Kennedy. Draußen noch schwarze Nacht, drinnen das elektrische Licht. Und im Radio die harmonisch gesungenen Strophen der Werbung und die gut aufgelegte Stimme des Nachrichtensprechers mit der Wettervorhersage. Sie hatte zwanzig Minuten fürs Badezimmer, bevor sie durch die Wand Lubinskas Bett unter seinem Gewicht knarren hörte und geschwind in ihr Zimmer huschte. Zum Frühstücken blieb keine Zeit. Um sieben Uhr stand sie an der Bushaltestelle und eine dreiviertel Stunde später stieg sie dort aus, wo sie vierzehn Stunden vorher von Mr. Pescheles geträumt hatte. Im Coffeeshop der Sun Life Versicherung kaufte sie sich für fünfzig Cent einen kleinen Becher Orangensaft und einen Krapfen mit einem Loch in der Mitte, einen »Doughnut«, und stellte alles neben ihre Schreibmaschine. Später holte sie sich Kaffee, rauchte Winstons und tippte die sich anstauenden Memos der Abteilungschefs, die Tabellen, Briefe und Statistiken. Der Aschenbecher auf dem Schreibtisch füllte sich. Um elf Uhr vormittags fühlte sie eine leichte Benommenheit. Um zwölf Uhr stand sie mit einem blaugesprenkelten weißen Tablett in der Schlange der Angestellten in der Cafeteria. Ein Schlaraffenland. Es gab Salate und Suppen, Fleisch- und Fischgerichte, Kartoffelbrei, Soßen, Reis, Nudeln, allerlei Sorten von warmen Gemüsen, helle und dunkle Kuchen mit gelbem und weißem Zuckerguss, und rote, gelbe und orangefarbene Grützewürfel mit Sahnetupfen in kleinen Schüsselchen. Aus den blanken Stahlhähnen der Automaten sprudelten heiße und kalte Getränke. Auf der Theke beim Ausgang standen Körbe mit Äpfeln, Birnen, Bananen und Orangen. Zwei Scheiben Brot und einen Apfel packte sie sich manchmal ein für die Abende, an denen sie nicht zur Tante ging. Und jeden Freitag dehnten sich zwei freie Tage vor ihr aus: leer und trostlos, ohne einen Boyfriend. Dann lag sie im warmen Bett bis in die frühen Morgenstunden mit dem geliebten Tolstoi, mit Dostojewski oder Dreiser und mit Mr. Pescheles.

Mrs. Lubinskys Küche benützte sie kaum. Sie wollte das Ehepaar nicht stören. Am freien Samstag schüttete sie Waschpulver in das kleine Becken im Badezimmer und wusch Schlüpfer und schrubbte die Träger der Büstenhalter mit Seife und einer Nagelbürste, weichte Pullis in dem Wunderwaschmittel Woolite ein, schwenkte Strapse, Strümpfe und Strumpfhosen im kalten Wasser. Geräusche von Lubinskas Fernsehgerät drangen zu ihr. Sie hängte die Wäsche zum Trocknen auf einem aufklappbaren Aluminiumgestell zwischen Bett und Wand in ihrem Zimmer auf. Die Bettwäsche und die Handtücher gab Mrs. Lubinsky in eine Wäscherei.

In Mr. Lubinskys Zeitung suchte sie nach Liebesfilmen. Sie hockte über dem ausgebreiteten Stadtplan auf ihrem Bett und schrieb Busverbindungen in ein Notizbüchlein. In der Reihe der Pärchen vor den Kassen der Kinos stand sie als Einzige alleine an. Sie zweifelte nicht daran, dass alle glücklich waren. Sie dachte an das Tivoli-Kino in der Neuhauserstraße und an den Gloria-Palast am Karlsplatz und an ihre Freundinnen zu Hause in Deutschland. Sie war überzeugt, dass man sie bemitleidete. So lernte sie die Stadt kennen.

Nicht weit von der griechischen Gegend entdeckte sie einen Drugstore, der so lang war wie die Straße, in der sie einmal gewohnt hatte. Dort wählte sie unter zwanzig Sorten ein scharfes Lady-Schick-Rasiermesser mit einem kalten geriffelten hellblauen Stiel. Vor dem Spiegel im Badezimmer der Lubinskys schmierte sie parfümierte Rasierkrem mit der Hand in die Achselhöhlen und auf die Beine. Das Ganze führte zu schmerzenden Verwundungen. Ihr blieb nichts anderes übrig, als stinkende Haarentfernungskrem mit einem Holzstäbchen auf die endlich verheilte Haut zu streichen, und sie saß nackt und roh mit roten Beinen auf der rosaroten Bettdecke in ihrem rosaroten Zimmer, erfüllt von Sehnsucht und Frank Sinatras »....but most of all, when snowflakes fall, I wish you love«. Vor dem schwarzen Fenster gegenüber dem Bett tanzten dicke Schneeflocken, doch die Leidenschaft aus den Schnulzen im Radio ließ auf sich warten. Im überfüllten 80er Bus zur Arbeit schmiegte sie sich in den Kurven mit geschlossenen Augen an griechische Männer wie ein Schiläufer beim Slalom. Durch gefütterte Mäntel, durch Wolle und Tweed trieb sie im öffentlichen Verkehrsmittel auf den Wogen der Wolllust dahin. Fremde Männer liebten sie im Stoßverkehr. Sie liebten sie im Sitzen und im Stehen. Hielt der Bus ruckartig, dann fiel sie hemmungslos vorwärts auf Hinterteile und rückwärts auf Bäuche und Oberschenkel. Das Fleisch und die Muskeln im Bus wurden gesichtslos. Dass sie da waren, genügte ihr. Die fremden Körper gaben Zärtlichkeit und Wärme. Wenn sie an ihrer Haltestelle angekommen war, verließ sie den Bus so anonym wie sie ihn bestiegen hatte, jedoch mit schwankenden Knien und einem nagenden Gewissen, weil sie die fremden Männer zu ihren Zwecken benutzt hatte.

Als sie der gleichaltrigen Kusine von den schönen Griechen vorschwärmte, machte die Kusine große Augen und sogleich fing sie an, Miriam über gewisse Bräuche und Angewohnheiten der griechischen Männer aufzuklären. Sie belehrte sie, dass die griechischen Männer den Nagel am kleinen Finger wachsen ließen. Den kleinen Finger nannte die Kusine Pinky. Sie spreizte Daumen und Zeigefinger in eine Fünf-Zentimeter-Spanne. Diesen Nagel des Pinky, behauptete die kanadische Kusine, benützten die Griechen wie einen

Spaten um ihre Nasenlöcher zu reinigen. Und die kanadische Kusine schüttelte sich vor Ekel, schrie Pfui, und nannte Miriam unreif und einen Dummkopf.

Die Leiterin der Stenotypistinnenhalle, Mrs. Hodgkins mit der roten Hochfrisur, schickte sie in den vierten Stock zu den vier Steuerprüfern, die aus Ottawa angereist waren, um die Finanzen der Versicherung zu prüfen. Sie waren dünne, blasse Männer mit dünnen Schnurrbärtchen und goldenen Eheringen. Miriam tippte Geschäftsberichte druckfertig für Broschüren. Die Arbeit war leicht. Wenn ihr ab und zu ein Fehler unterlief, zeigten sich die Männer geduldig. Sie drängten sie niemals. Sie waren väterlich besorgt um sie. Oft traf sie ein anerkennender Blick und ihre Arbeit wurde gelobt. In ihrer ansteckenden Fröhlichkeit benahmen sich die Steuerprüfer wie die lachenden Schauspieler der amerikanischen Leinwandkomödien. Miriam verliebte sich in alle vier. Sie verkörperten das Ideal des amerikanischen oder kanadischen Ehemannes jener Sorte, die sie zu heiraten begehrte.

Als sich die Wälzer von Prüfberichten auf den Schreibtischen der Steuerprüfer zu türmen begannen, stand im Atrium der marmornen Eingangshalle der Sun Life Versicherung eine zwanzig Meter hohe Tanne. An den Zweigen, zwischen den Kugeln und dem Lametta, baumelten rotweiß gestreifte Zuckerstöckchen. Aus Lautsprechern dröhnten Weihnachtslieder im Marschtempo durch das Gebäude. Sie gewöhnte sich an sie. Sie waren nicht feierlich, fröhlich eilten sie voran, eins ums andere, den ganzen Tag. Bald konnte sie sie auswendig. So beschaulich wie die deutschen Adventslieder waren sie nicht. Sie stellten eher ein

Wettrennen zum Heiligen Abend dar. Die vier Steuerprüfer, die Miriams Heimat »Old Germany« nannten, trösteten sie, wenn sie getippte Tabellen ablieferte oder dampfende Kaffeebecher zwischen die Papierstöße setzte, und zu Weihnachten bekam sie ihre erste Gehaltserhöhung.

Kusine Frances reiste mit einer neu geschneiderten Garderobe im Koffer mit dem Eilzug nach New York zur amerikanischen Tante Fela aus Polen, die sich Faye nannte, um einen Heiratskandidaten kennenzulernen. Sie erbrach sich vor Abscheu in Tantes Toilette und kehrte noch vor Sylvester zurück. Die amerikanische Tante war empört. Als sie im heiratsfähigen Alter gewesen war, hatte sie Leichen zu den Lastwägen getragen. Einmal, als sie eine Leiche schleppte, fiel eine Hand ab und platschte in eine Pfütze. Onkel Dudu ärgerte sich. Die Eltern des Heiratskandidaten betrieben eine Strumpffabrik in New Jersey. Der Heiratskandidat studierte Medizin. Einen goldenen Boy nannte ihn der Onkel. Er hatte eine vielversprechende Zukunft. Frances warf ein, dass er kugelrund sei und unkluge Witze von sich gebe. Becky bettelte, »bitte, bitte, kann ich ihn haben?« Pulke war gerade verreist. Er war beim Schilaufen in den Bergen. Seinen fünf Okays fügte Onkel Dudu hinzu, fünfzehn sei zu jung zum Heiraten.

»Wenn ich mit achtzehn nicht verlobt bin, nehme ich einen Strick und häng mich auf«, schwor Becky. Miriam kam sich alt vor. Sie hatte schmerzhafte, rote Beulen an den Beinen. Der Arzt sagte, es seien Frostbeulen. Von da an ging sie vermummt zur Arbeit. Zwischen Nylonstrümpfe und baumwollene Strumpfhose legte sie eine Schicht Watte über die heißen Frostbeulen. Darüber trug sie lange Hosen, Stiefel,

Pullover, den neuen preiswerten Cordsamtmantel mit Lammfellfutter und Kapuze aus dem kanadischen Großhandel, Handschuhe und Schal. Und fror trotzdem auf dem Glatteis der Bushaltestelle. Tränen verwandelten sich in Eiskügelchen. Und im geheizten Bus schwitzte sie. Stöckelschuhe und Rock, die Uniform der Büroangestellten, verwahrte sie in einem ihr zugeteilten Schrank aus grünem Metall im ersten Stock der Versicherung. Das An- und Auskleiden nahm so viel Zeit in Anspruch, dass sie nun eine halbe Stunde früher aufstehen musste. Ihre lästigen Locken, die sich bei der geringsten Feuchtigkeit kräuselten, versteckte sie unter den geliebten zwei Kopftüchern aus ihrer Heimat, einem schwarzen und einem weißen mit roten Röschen und grünen Blättern. Sie band sie nach Zigeunerart im Nacken fest. Das war chic. Die Kusinen fanden, sie sähe aus wie ein Greenhorn, eine, die sich noch nicht auskannte im neuen Land. Man merkte ihr das Anderssein an, meinten sie, in dem Kopftuch.

Sie konnte den Frühling kaum erwarten.

Ein Verwandter von Tante und Onkel, der fromme Leibisch Feder, half ihr beim Ausfüllen der Formulare für die Einkommensteuererklärung. Der fromme Leibisch machte in Textilien und kannte sich darüber hinaus gut in der Buchhaltung aus.

»Gerissen war er schon immer, der Leibisch«, sagte die Tante. Aber ins Kazett sei er als Erster von ihnen gekommen. Weil ein Onkel, der im Judenrat saß, jemanden von seiner Familie für ein Arbeitslager hatte wählen müssen. Weil die Familienmitglieder Leibisch los werden wollten. Sie hätten Angst gehabt, er würde sie verraten. Leibischs Mutter stürzte damals weinend ins Haus, erzählte die Tante, und schrie: »Warum ausgerechnet mein Kind? Warum hast du mein Kind gewählt?« Na ja, irgendjemanden musste er schließlich wählen, der Onkel, der im Judenrat saß, und weil damals viele in der Familie Leibisch nicht mochten und sogar fürchteten, sollte eben er zuerst gehen, bevor er die anderen gefährdete. Dann aber, sagte die Tante, hätte er sich nach dem Krieg gleich zu helfen gewusst. Er besorgte sich eine schwarze Lederjacke und einen Schäferhund; und er stellte sich mit einem Bleistift und einem Notizblock in der Mitte der süddeutschen Stadt hin, der kleinen Stadt, in der einige von den Juden, die übriggeblieben waren, vorläufig lebten; er stand da mit gespreizten Beinen neben der Mariensäule und er schrieb. Er blickte im Kreis herum, auf und ab, hinter sich und neben sich und er schrieb. Er schrieb und schrieb. Was schreibt er da?, fragten die Leute. Wer ist das und was schreibt er andauernd auf? Er sei von der Kriminalpolizei, sagte er. Er forsche nach ehemaligen Parteimitgliedern. Und er schaute und schrieb. Die Leute bekamen Angst. Und die Leute fingen an, ihm Geschenke zu bringen, Esszeug, Kleidung, alles nur, damit er sie, Gott behüte, nicht anzeigen sollte. »Das ist der Leibisch«, meinte die Tante. »So einen Kopf hat er.«

Und dann hatte die Tante für ihn gebürgt, sagte sie, als er, nachdem sie nach Kanada eingewandert war, aus Deutschland auswandern wollte, weil er sich dort mit deutschen Frauen herumgetrieben habe, die ihn alle heiraten wollten. Die Tante bereute laut und oft, dass sie ihn aus Deutschland rausgeschleppt hatte. Er sei ein hässlicher Affe, sagte sie, und ihre Großzügigkeit sei bei dieser Mieskeit fehl am Platz gewesen.

In Kanada hatte er eine bescheidene, fromme Frau gefunden. Sie war aus einem norddeutschen Lager in einem Krankentransport nach Schweden gebracht worden und kam von dort mit dem Schiff nach Montreal. Sechs Jahre lang hatte sie in einer Bäckerei Brot verkauft und eine kleine Summe beiseite legen können. Der fromme Leibisch heiratete sie und die Summe und richtete sich geschäftlich ein. Er hieß jetzt Leo und seine Frau war Emmi aus Schweden, eine mütterliche Person, die Miriam oft zu einem Strudel und Kaffee in ihre gemütliche Wohnung einlud. Seine zwei kleinen Jungen waren so mollig wie die schwedische Mutter. Miriam dachte manchmal an die deutschen Frauen, die jüdische Männer nach dem Kazett geliebt hatten.

Emmi und Leibisch vermittelten ihr ein »blind date« mit dem Sohn des Bruders einer Schwägerin des Cousins eines Bekannten aus ihrem Freundeskreis, einem echten Kanadier. Er hatte sogar ein Auto. Eine blinde Verabredung war ein Unbekannter oder eine Unbekannte, jemand, den man noch nicht mit eigenen Augen gesehen hatte, eine Stimme am Telefon, vielleicht sogar ein kleiner Schnappschuss von wohlwollenden Bekannten oder Verwandten hergezeigt, ein Risiko, etwas auf das man sich blind einließ und auf das man seine Hoffnungen setzte wie auf ein Rennpferd.

Sein Auto war schwarz und gehörte den Eltern. Die blinde Verabredung war ein runder, höflicher Junge mit langen Zähnen, Schal und Fäustlingen. Mrs. Lubinsky, im schwarzen Kleid, im Korridor, lächelte ihn an, als er Miriam abholen kam, und nannte ihn einen schönen Boy. Und Mr. Lubinsky, hinter ihr im Schlafrock, krächzte »Yeah, yeah..

Er hatte einen Tisch für zwei bei La Provence reserviert. Auf einer Kreuzung in der Stadtmitte gab es einen Knall. Der Wagen holperte und blieb am Randstein stehen. Es hatte dreißig Grad unter Null. Die blinde Verabredung stieg aus, streifte die Fäustlinge ab und wechselte den linken Vorderreifen mit roten Händen. Er tat ihr sehr leid, aber dann verliebte sie sich in den schwarzhaarigen, schlanken Maitre von La Provence. Sie liebte ihn so sehr, dass ihr Körper ein einziger überwältigender Schmerz war. Über das flackernde Lichtlein der Kerze im Glas und den Kopf ihrer blinden Verabredung hinweg küsste sie leidenschaftlich und leise den dunklen Maitre. Der Maitre riss sie an sich, als das braune Zwiebelsuppentöpfchen weggetragen wurde. Beim Veau Cordon Bleu lag sie mit dem Maitre auf einem Heuboden, und als dann die Mousse au Chocolat mit dem Sahneröschen serviert war, da waren sie nackt. Als er ihr später in den Mantel half, drückte er zart ihre Schultern, und sie ging mit ihrer blinden Verabredung hinaus in die froststarre Nacht und war wieder allein.

Bis sie sich in Baruch Lustmann mit den weichen Händen und den blauen Augen verliebte. Sein Vater hatte ihrem Vater im Hof der Münchner Synagoge von seinem ledigen Sohn, einem erfolgreichen Bauunternehmer in Montreal, erzählt. Und ihr Vater hatte ihre Keuschheit, ihren Fleiß und Ordnungssinn in den Himmel gehoben. Die zwei Männer hatten sich zusammen getan und im fernen Europa nach den Schabbesgebeten ihre Kinder in Kanada verkuppelt.

»Dein Vater sitzt oben im Wohnzimmer!«, rief die Tante zum Bürgersteig hinauf, als sie eine Woche nach der blinden Verabredung auf dem Heimweg von der Arbeit durch den Schnee vorbeistapfte. »Er bleibt drei Tage!«, schrie sie ihr nach. Zögernd, mit pochendem Herzen, kletterte sie die Treppe hoch. Der Vater? Hier? Sie freute sich nicht. Sie war erwachsen, verdiente Geld. Das kleine Zimmer in der Wohnung der Lubinskys, das war ihre Freiheit. Nun saß die väterliche Autorität auf dem Sofa in Tantes Wohnzimmer, stand auf und sagte: »Mein geliebtes süßes Kind, wie blass du bist.« Rührung, Verlegenheit und Unwillen jagten sich in ihrem Herzen. Neben dem Sofa standen die Kusinen und der Onkel mit geheimnisvollen Mienen. »Du hast eine Verabredung«, zischte Frances, und Becky kicherte, »Mensch, hast du ein Glück.«

»Zieh dich um,« befahl der Vater streng, »beeil dich, und komm zurück.« Sie lief durch den Schnee zu ihrer Freiheit am anderen Ende des Häuserblocks. Dort, allein im rosaroten Zimmer, erblickte sie im Toilettenspiegel eine erhitzte Zwölfjährige unterm Kopftuch mit den Rosen und den Blättern. Und darunter der Pferdeschwanz. Sie zwang ihn mit Haarklammern in eine Hochfrisur.

Als die Hausglocke in Tantes Wohnung läutete, flitzte die Kusine Frances in ihr Zimmer und schlug die Tür zu, weil ein vom Drücken aufgeplatzter Pickel neben ihrem rechten Nasenflügel sie entstellt hatte. Ein alter Mann mit gedrungenem Körper und breitem Kopf und ein junger, hübscher Mann standen in dicken Wintermänteln und Hüten auf der Türschwelle. Miriam erschrak. In den dunklen Mänteln und Hüten sahen sie aus wie Fromme. Sie wollte keinen frommen Mann. Einen modernen Mann wollte sie, einen erfahrenen, fremden Mann. Betende schwankende Oberkörper erinnerten Miriam an Ghetto und Verfolgung. Hinter ihr stieß sie die jüngere Kusine im geblümten Hauskleid in den Rücken und flüsterte, dass der zweite Knopf am Mantel des jungen Hübschen fehlte. Die Tante zischte Sssch! Der Onkel fing an Okays zu seufzen. Das Licht im kalten Treppenhaus war ausgegangen. Die Tante knipste es an und sie gingen hinunter, und Miriam und ihr Vater stiegen in den silbergrauen Mercedes der Lustmanns vor dem Tanteladen ein.

Die Väter fuhren mit den Kindern zum Steakessen in ein Restaurant, das aussah wie ein Stall. Der Boden war voller Sägespäne. Das gefiel dem Vater nicht, weil die Sägespäne seine Schuhe schmutzig machten. Herr Lustmann und Sohn bestellten vier Steaks. »So eine Qualität von Fleisch haben Sie noch nie in Ihrem Leben gekostet«, versicherte ihnen der alte Herr Lustmann. »Schon gut«, meinte der Vater, »aber koscher ist es nicht..

»Koscher? Das ist doch Unsinn heutzutage. Nach allem was ich mitgemacht habe, brauche ich heute nicht koscher zu sein«, brummte der alte Lustmann.

Baruch war 28 Jahre alt, und, weil er die deutsche Besatzung in Polen in einem Versteck überlebt hatte, war er zu einer jüdischen Rarität der Sechziger Jahre geworden, ein reifer europäischer Heiratskandidat nämlich für eine schon in Freiheit geborene Tochter jüdischer Kazetthäftlinge. Jetzt hieß er Barry und investierte in Immobilien. Er hatte helle Augen und dunkelblonde gekräuselte Haare. Er legte den Hut auf seinen Stuhl und führte sie weg vom Tisch auf die Tanzfläche, wo sich einige Pärchen drehten. Ein Mann. Für sie. Auf dem runden Tanzboden schmiegte er seine Wange an ihre Hochfrisur und murmelte in ihr Ohr, dass sie entzückend sei. Aber er hatte eine Freundin. Eine Christin. Sein Vater durfte das nicht wissen. Die Väter winkten. Das Fleisch war serviert. Es lag auf einem ovalen Holzbrett mit einer Rinne ringsherum, in der sich das Blut staute. Der alte Lustmann griff zu Messer und Gabel und vertiefte sich in den Genuss der Mahlzeit. Ihr armer Vater würgte und bückte sich öfters unter den Tisch, wo er das gekaute Fleisch unter den Sägespänen verscharrte. Baruch erzählte Miriam vom neuerbauten Hebräischen Verein Junger Männer in Hampstead. Dort gab es eine moderne, wohltemperierte Schwimmhalle. Er erklärte ihr, wie sie dort hinkommen würde. Er wunderte sich, dass sie sich nach so kurzer Zeit in der neuen Umgebung bereits zurechtfand. Als sie dann später, nach einer kleinen Rundfahrt durch die erleuchtete Stadt, vor dem Laden der Tante wieder anhielten, knipste der Vater das Licht über dem

Rücksitz des Wagens an und schrieb die Telefonnummer der Lubinskys groß auf einen Zettel, drückte ihn dem jungen Lustmann auf dem Vordersitz in die Hand und bat ihn: »Rufen Sie meine Tochter doch einmal an, sie würde sich freuen, sie ist einsam hier.«

Der Vater schlief in Tantes Wohnung. Sie sah ihn abends, wenn sie von der Arbeit nach Hause kam. Dann küsste sie ihn. Der kühle Kuss, bedeutungslos. Die Pflicht der Tochter von Kind auf. Sie war ihm entronnen. Seinem Jähzorn, seinem Sadismus. Entronnen der Vaterliebe, die er stets beteuerte.

»Sei ein gutes Kind«, bat er sie eindringlich. »Bereite deinen Eltern Freude. Nur Freude sollst du uns bereiten. Du sollst wissen, ich hab dich lieb. Du bist die Älteste. Mein teures Kind. Nach meiner gottseligen Mutter benannt. Mach mir keine Sorgen. Man hat so viel mitgemacht. Du sollst mich glücklich machen. Ich will stolz auf dich sein.« Und er reiste ab. Sie atmete erleichtert auf. Er flog nach New York zur amerikanischen Tante Fela aus Polen, die sich Faye nannte, mit ihrem Mann und den zwei Söhnen. Er schenkte den Kindern Geld, der reiche Onkel aus Deutschland, aber er war gar nicht reich. Er war nur freigiebig. Deswegen liebten die amerikanischen Neffen den fremden Onkel. Und der fremde Onkel pries die amerikanischen Kinder, als wären sie göttliche Wesen, denn sie waren Söhne. Er selbst hatte ja nur drei Töchter. Seine Mutter, sein Vater, die Schwestern und Brüder waren alle ausgerottet worden. Er war der Einzige, der übriggeblieben war und nun konnte er nicht einmal einen Stammhalter vorweisen.

Sie bekam Zahnweh. Mrs. Lubinsky schickte sie zu ihrem Sohn, einem untersetzten Zahnarzt mit geraden Zähnen, glänzenden schwarzen Haaren und einem abgekürzten Namen. Er hieß Dr. Lubin und hatte seine Praxis nicht weit von ihrer Arbeitsstätte. Gleich bei der ersten Untersuchung verliebte sie sich in ihn. Die deutschen Plomben waren am Zerbröckeln, sie mussten ersetzt werden, alle zehn, durch gute kanadische, die halten würden. Oh, wie bitter bereute sie nun das Bonbonlutschen. Und oh, wie sehnte sie sich nach zahnärztlicher Berührung. Und wie schmachtete sie im schwarzen Zahnarztstuhl, als sie seinen weichen, warmen Bauch durch den dünnen Stoff des Zahnarztkittels an ihrem Arm fühlte. Sie wollte behandelt werden. Von ihm. Doch wie sollte sie sich zehn Plomben leisten?

»Wozu arbeitest du in einer Versicherung?«, fragte Mrs. Lubinsky. Mr. Lubinsky, im karierten Schlafrock hinter ihr, nickte und krächzte »Yeah, yeah.« Miriam wandte sich an die schwarze Witwe Barbara in ihrer Abteilung, die so hieß, weil sie immer schwarz trug. Sie war eine bleiche alte Frau von 36 Jahren mit zusammengepressten Lippen und einer tiefen Raucherstimme. Sie arbeitete schon lange in der Versicherung, die wichtigste und einflussreichste Person in der Abteilung, und zugleich, durch den Witwenstatus, die Unnahbarste. Miriam zögerte, sie mit ihren Problemen zu belästigen. Was kümmerten die Witwe mit ihrer Tragödie Miriams Zahnschmerzen?

Die Witwe schickte sie in die Graphikabteilung zu einer dünnen, mütterlichen Chinesin mit dickem Zahnfleisch, namens Amy, die ein kaum verständliches Englisch piepste. Amy schickte sie weiter zu Lola mit den Lidschatten, den weißen Lippen und den glänzenden Strümpfen in der gläsernen Telexkabine. Lola begleitete sie in die Personalabteilung im dritten Stock. Die Zahnarztkosten würden von der Versicherung übernommen werden. Der Arzt persönlich trug sie zweimal die Woche als letzte Patientin des jeweiligen Tages ein. Eine Sprechstundenhilfe hatte er noch nicht. Die Praxis war erst im Werden. Seine Assistentin schickte er wegen der vorgerückten Stunde stets nach Hause. Miriam war allein mit dem Zahnarzt. Er hätte mit ihr tun können, was er wollte. Aber er bohrte nur. Er bohrte und sie bildete sich ein, dass er sie begehrte. Er bohrte und sie gab sich ihm hin, bis sie der sengende Geruch aus der Mundhöhle aus ihrer Leidenschaft riss. Dann das Zischen der in das Loch gesprühten Luft. Es tat weh. »Bitte spülen«, sagte er. Sie war zu schwach, sich aufzurichten. Er stützte sie. Sie spülte. Mit der Zungenspitze betastete sie die scharfen Zahnränder. Ein Krater in ihrem Mund. Ihr grauste. Erwartungsvoll lehnte sie sich wieder zurück. Er sprühte pfeilschnelle Spritzer in das Loch. Und dann nahm er auf dem Drehhocker hinter der Kopfstütze Platz. Nun kam der schönere Teil der Behandlung. Tief drückte sie ihren Kopf in seine Brust. Sie versank in seinen Körper. Sie schmiegte ihr Gesicht in seine Hände. Den Geruch seiner Haut saugte sie ein wie eine Erstickende. Er war ihr Geliebter. Ihr Körper hatte kein Gewicht. Sie schwebte im schwarzen Zahnarztstuhl. Ihr Unterleib dehnte sich. Sie stöhnte. Dann machte er immer eine kleine Pause und erkundigte sich, ob er ihr weh getan hatte. Nein. Sie drehte den Kopf vorsichtig von einer Seite zur anderen. Und sie wollte nur den Druck seiner Hände. Dr. Lubin stopfte ihr Loch und sie steigerte sich in derart wilde Szenen heißer Umarmungen, dass sie sich aus einem tiefen Sumpf herauswühlen musste, wenn er verkündete: »So, das wärs für heute.«

Massierte er die Nacken der anderen Patientinnen ebenso zärtlich wie ihren beim Hinausgehen, bevor er ihnen in die Mäntel half? Sie berauschte sich an ihrem Sinnestaumel. Sie träumte von ihm. An den Tagen der zahnärztlichen Termine spannte sich ihr Körper in Erwartung der zahnärztlichen Zärtlichkeiten. Den sonst unerträglich quietschenden Bohrer hörte sie gar nicht mehr. Wochenlang war sie in Behandlung. Dann, als es nichts mehr zu plombieren gab, zog er die oberen Weisheitszähne und danach die unteren. Und von da ab sah sie ihn nur flüchtig, wenn er mit Kindern und Ehefrau gelegentlich in die Lubinsky-Wohnung zu Besuch kam.

Der Frühling kündigte sich an in seiner hellgrünen Herrlichkeit. Die Steuerprüfer reisten ab. Der Schnee war geschmolzen. Statt vermummter Gestalten, sah sie wieder menschliche Gesichter, und sie verliebte sich in den grauhaarigen Leiter der Buchführungsabteilung. Er lächelte zögernd und verstohlen wie Gary Cooper. Er hatte nur ein Bein. Das andere hatte er in einer Pazifikschlacht im Zweiten Weltkrieg verloren. Für ihn machte sie als Ersatzhilfe Überstunden bis spät in die Nacht und samstags den ganzen Tag. Sie verdiente viel Geld und hörte Geschichten vom Krieg und von seiner Geliebten, die ihn nach dem Verlust des Beines verlassen hatte. Er lebte ganz alleine und war einsam. Wie gern hätte sie ihm über die grauen Strähnen gestreichelt. Sie war zu schüchtern. Und er war ein anständiger Mann.

Tante Ada kochte zwei Tage lang für den ersten Sederabend des Pessachfestes. Das Geschäft blieb geöffnet und jede halbe Stunde eilte die Tante die Treppe hinauf, spähte in den Ofen, rührte am Herd und rannte die Treppe hinunter zurück in den Laden. Am Abend, als sie nach der letzten Kundin die Ladentüre verriegelte, seufzte sie, dass die jüdische Frau ein schweres Los zu tragen habe, und sie, die Tante, hatte es doppelt schwer, weil sie außer ihren Haushalts- und Familienpflichten zusätzlich die Verantwortung für das Geschäft tragen müsse. Zwar sang der fromme jüdische Ehemann am Freitagabend vor dem Schabbes seiner Frau ein Loblied, pries ihre Eigenschaften in dem vorgeschriebenen Gebet, aber was half das schon? Was half sein Singen, wenn die Frau sich die ganze Woche lang abrackerte und dann sogar an den Feiertagen, an welchen man beten, nachdenken und sich besinnen sollte, schuftete wie ein Pferd.

Am kanadischen Sedertisch weilten sie nicht, die Geister der jüdischen Geschichte. Der Onkel sprach kein Gebet, er sang kein Lied. Er schwieg. Zwischen den Armen des silbernen Kerzenleuchters, blickte er die Kinder traurig an. Vielleicht hatte er das Beten verlernt. Singen konnte er nicht. Die Matze lag nicht mit einem bestickten Seidentuch zugedeckt. Niemand erzählte von der Flucht aus Ägypten. Niemand dankte Gott. Sie saßen am weißgedeckten Tisch in der Küche und aßen den Fisch, die Suppe und das Huhn und tranken den Manischewitz-Wein. Dann wischte sich die Tante die Hände an der Schürze ab und verkündete zufrieden, »fertig, jetzt ist das auch vorbei«, und pustete die Kerzen aus. Miriam spülte das Geschirr, die Kusinen trockneten ab. Miriam dachte an das Pessachfest zu Hause. Sie erzählte vom Seder in Deutschland, vom rotköpfigen Vater, der sich beim Singen und Beten und der Rezitation von der Rettung des jüdischen Volkes in eine Ekstase hineingesteigert hatte. Das interessierte aber niemanden so sehr, und Tante und Onkel schliefen auf dem Sofa vor dem Fernseher ein.

Sie verliebte sich in den schmächtigen Architekten mit der gestriegelten, glänzenden Frisur, der die Stenotypistinnenhalle modernisierte. Er trug schöne dunkle Anzüge, die ihm gut standen, und er bewegte sich immer in einer Gruppe von Männern, die ebenfalls dunkle Anzüge trugen, jedoch nicht so schön aussahen wie er. Täglich schritt er, Notizblock und Bleistift in der Hand, durch die Halle. Er maß den Raum für den Teppich aus, der das Geräusch der Schreibmaschinen dämpfen würde. Manchmal stand er direkt vor dem lauten schwarzen Klapperkasten, auf dem sie zitternd ihre Stanzen schlug. Sein Rücken war ihr zugewandt, und sie starrte auf den Anzugstoff. Er war der Mann ihrer Träume. Ahnte er nicht, wie stark ihr Herz pochte? Sie suchte ihn überall. Morgens erspähte sie ihn im Aufzug, im Selbstbedienungsrestaurant, in der Bank im Parterre, vor dem Blumenladen im Foyer, mit Kaffee und Doughnut in der Schlange vor der Kasse beim Coffee-Shop-Ausgang. Sie lebte förmlich für seine Auftritte in der Stenotypistinnenhalle, bis die Abteilungsleiterin, Mrs. Hodgkins mit der roten Hochfrisur, ihre bepickelte Assistentin, Beverly, zu Miriams Schreibtisch schickte. Und Beverly stand vor ihr wie ein Knabe, der einen seltenen Käfer betrachtet. Mit schlechtem Gewissen erhob sich Miriam von ihrem Drehstuhl und folgte Beverly hinter die Glastrennwand, wo Mrs. Hodgkins hinter ihrem Schreibtisch auf sie wartete. Wie ein Drachen sah sie aus. Sie bat Miriam, vor ihr Platz zu nehmen und begann mit: »So geht das nicht weiter, mein liebes Kind«. Dieses »mein liebes Kind« minderte zwar die Rüge, doch kein Schimmer von Güte flog über das Drachengesicht. Ihre Arbeit habe letztens nachgelassen, sagte sie. Woran das wohl lag? Hatte sie vielleicht persönliche Probleme? Die bepickelte Assistentin,

Beverly, die neben Mrs. Hodgkins saß und etwas auf einen Notizblock kritzelte, grinste schadenfroh. Miriams Herz pochte im Hals. Schuldbewusst gab sie zu, sie hätte sich gehen lassen. Mrs. Hodgkins bemerkte, ihre Fingernägel seien zu lang, um fehlerlos zu tippen. Miriam versprach, sie abzuschneiden. Sie versprach, sich zu bessern. Sie versprach alles und blickte geradeaus in Mrs. Hodgkins Drachengesicht. Mrs. Hodgkins zog einen Bleistift aus ihrer Hochfrisur und kritzelte damit auf einen Bogen Papier. Miriam konnte gehen. Und am selben Tag, nach Büroschluss, stand im überfüllten Aufzug der schöne Architekt mit seinem Arm um die Schultern einer zierlichen Frau mit schwarzen, kurzen Haaren, himmelblauen Augen und schlanken Beinen. Miriam starrte auf die Eheringe.

In ihrem Zimmer in der Lubinsky-Wohnung feilte sie ihre Nägel bis die Fingerspitzen bluteten, und mit Pflastern ging sie am folgenden Tag zum Tippen. Als sie kurz darauf in einem Briefumschlag der Versicherung eine Gehaltserhöhung zusammen mit einem schriftlichen Ersuchen des Kanadischen Roten Kreuzes um eine Blutspende erhielt, glaubte sie, dass ihr Arbeitgeber nun erwartete, dass die Angestellten ihr Blut hergäben.

Eines Nachmittags erschien dann ein blonder Mann vom Roten Kreuz zwischen den Schreibmaschinen und hielt dort ein leidenschaftliches Plädoyer für die Notwendigkeit der menschlichen Hilfsbereitschaft und Nächstenliebe. Sie verliebte sich in den Mann vom Roten Kreuz und fuhr mit dem Aufzug in den fünften Stock des Versicherungsgebäudes, wo man einen Saal geräumt und Liegen hineingestellt hatte. Dort legte sie sich nieder und wartete auf ihn. Er war aber nirgendwo zu sehen. Eine Krankenschwester lobte ihre ausgeprägten Venen, setzte eine Nadel in ihre Armbeuge und befestigte einen dünnen, gelben Schlauch daran. Ihr wurde übel. An einer Stange neben dem Bett hing ein Plastikbeutel. Der füllte sich langsam mit ihrem Blut. Kein blonder Mann. Aber sie war schwach danach und erhielt einen klebrigen Krapfen mit einem Loch in der Mitte und einen Becher Orangensaft.

Gute Kinder

In Tantes Wohnung, im Frühling 1966, drehte sich das Gespräch und das Rad auf Onkels Nähmaschine um Beckys sechzehnte Geburtstagsfeier. Die Tante hatte einen Saal für die Sweet-Sixteen-Party gemietet. Onkel Dudu hatte rosarote und hellblaue Kleider geschneidert. Den paar frommen Gästen zuliebe entschloss sich die Tante zu koscherer Hühnerbrust als Hauptgericht. Die Krönung des Festmahls war eine weiße, vierstufige, mit Rosenblüten und siebzehn Kerzen verzierte Torte. Die extra Kerze bedeutete »Viel Glück!«. Bronka war nun offiziell Becky geworden. Ihr englischer Name stand in Gold gedruckt auf den Einladungen, auf den Zündholzschachteln und Servietten. Die Tante hatte viel Geld dafür bezahlt. Die Herren trugen Nelken im Knopfloch, die Damen stachen Perlennadeln mit Orchideen durch den Kleiderstoff über der linken Brust. Eine parfümierte Dicke mit Perücke zog Miriam vor ihren mächtigen Busen und heißen Atem, zerrte mit beringten Fingern den Stoff ihres Kleides weg von der Brust und stach zu. Der Stoff krachte. Miriam wand sich innerlich. Sie empfand das Stechen einer Nadel durch den Stoff als eine Verletzung und das Blumentragen über dem Busen störend und so lächerlich wie die Sweet-Sixteen-Party. Sweet-Sixteen-Becky wurde hundertmal mit Blitzlicht geknipst. Das bisschen Familie, das da war, saß an einem langen Tisch vor einem türkisen, venezianischen Wandgemälde. Das Glückwünschen nahm kein Ende und beim Glückwünschen wurde gewünscht, einander nur bei glücklichen Anlässen zu begegnen. Man freute sich über die gelungenen Mädchen und hoffte, sie würden den Eltern Glück bringen. Das Wohlergehen, die Zukunft, das ganze Leben eigentlich, beruhte auf ihnen, den feinen Mädchen, den guten Kindern. Sie waren die Entschädigung für die toten Eltern und Geschwister, obwohl sie die Namen dieser unbekannten Toten abgeschüttelt hatten. Die geliebten Kinder mit den neuen Namen waren die Hoffnung für die Zukunft. Das Judentum würde weitergehen. Mit ihnen! Mit den anständigen Töchtern. Den »Good Girls«. Die Mädchen, so edel, so fein, kostbarer als alle Schätze der Welt, sollten den Eltern Freuden bescheren. Ihre Aufgabe war es, anderen das Leben schön zu gestalten. Was die Töchter wollten, das fragte sie keiner. Was man von ihnen wollte, sagte ihnen jeder. Jeder wollte auf ihrer Hochzeit tanzen. Die Töchter tanzten mit Vätern und Onkeln zum Takt des Orchesters Moische Rabinowitz.

Feierten eingewanderte Juden amerikanische Partys so prächtig, weil jüdische Mädchen um die Bar Mitzwa Feier betrogen wurden? Bat Mitzwas waren noch nicht so recht in Mode gekommen. In jedem Fall waren jüdische Festlichkeiten für dienstleistende Geschäftsunternehmen immer profitabel. Die Fotografen, die Blumenhändler, die Musiker, das Lebensmittelgewerbe, die Hotels, die Damen- und Herrenkonfektion, die Schuhverkäufer, Zündholzschachtelfabrikanten, die Cocktailserviettenhersteller, der Wäschedienst, die Reinigungen, die Drucker warben um die Gunst der der Judenvernichtung entkommenen Bürger in der Neuen Welt. Becky wurde von den Gästen zum neuen

Lebensabschnitt gratuliert, als hätte sie den Nobelpreis erhalten. Und als der Glanz der Feier verflogen war, lag die Tante ohnmächtig auf dem Wohnzimmersofa. Wieder hatten böse Blicke sie verfolgt.

Hure

Die Tante schrieb, nach den passenden polnischen Ausdrücken suchend, mit gerunzelter Stirn am Küchentisch in schnörkeligen lateinischen Buchstaben einen Brief an Onkel Philip in Kalifornien. Ob er sich an seine deutsche Nichte erinnere, fragte sie ihn. Sie seufzte. Ob er ein anständiger Mensch und sich seiner Familienpflichten bewusst sei, fragte sie weiter. Und seufzte wieder. Jeder mühsam konstruierte Satz wurde vor der Niederschrift in der Küche von der Tante kundgegeben. Je mehr sie sich ausdachte, desto wütender wurden die Handbewegungen mit dem Füllhalter. Fiel ihr eine besonders passende Redewendung ein, so schrie sie »Ha!«. Sie, seine Schwester, hatte sich des Kindes ihrer Schwester in Deutschland angenommen und es aus dem Mörderland gezerrt. »Ha!« Verlangte es nicht die Höflichkeit, fragte sie ihn, dass er nun diese Nichte, deren Mutter, seine Schwester, ihm eine Dresdener Kutsche und Rokokoporzellandamen nach Kalifornien geschickt hatte, im Sommer einladen und ihr die Gelegenheit bieten würde, einen jüdischen Amerikaner kennenzulernen? Die Tante war zufrieden. Ihr Polnisch war noch gut. Sie steckte das Briefpapier in einen Umschlag, legte eine Briefmarke auf ihre Zunge, drückte die Marke auf das Kuvert, und mit einem letzten »Ha« knallte sie ihre Faust auf die Briefmarke. Die Töchter nahmen es ihrer Mutter und der deutschen Kusine übel, dass sie die Erwählte für die Kalifornienreise war. Doch Tante Ada wollte nichts davon hören. Sie hatte der Schwester in Deutschland versprochen, einen Mann für ihr Kind zu finden.

Miriam hatte Heimweh. Wenn sie manchmal von der deutschen Landschaft schwärmte, funkelte die Tante sie wütend an. Kanada sei gewiss so schön wie Jeckeland, meinte sie. An einem Junisonntag fuhr sie mit Tante, Onkel und Kusinen ins Gebirge, in die Laurentians, nach »Sennega«. Die Tante würde ihr beweisen, dass es in Kanada paradiesische Flecken gab. Miriam stellte sich einen hübschen Voralpenwinkel, einen erholsamen Badeort mit Gartencafés, Pensionen mit Geranientöpfen am Balkon vor. Der Ort hieß St. Agathe, und dort wo sie halt machten, standen ein paar Zelte zwischen den Tannen. Das Seeufer war glitschig vor Schlamm zwischen den Steinen, das Gras wuchs spärlich. Sie fanden gerade noch einen Platz unter einem Ahornbaum. Die Tante packte Sandwiches aus und sie hockten neben Ameisenhügeln auf der kratzenden Wolldecke. Da überkam Miriam die Sehnsucht nach Deutschland, nach dem Ammersee, auf dem sie mit ihren Schwestern gerudert war. Wie konnte sie hier bleiben? An diesem grausamen See! Als sie einen schönen Mann in Shorts erblickte, stand sie auf und hüpfte und sprang mit brennenden Fußsohlen über spitze Steine zum Wald hin. Der Schöne stützte sich auf Krücken. Das zweite Bein in den Shorts fehlte. Sie setzte sich auf einen glatten, warmen Stein in seine Nähe und träumte in der Sonne, dass er sie umarmte und sie küsste. Am Abend fuhr sie mit einem glühenden Sonnenbrand und unter dem Spott der Kusinen zurück. Und stand in der Küche und weinte, als der

Onkel eine kühle Salbe auf ihre schmerzenden Schultern schmierte.

Sie wollte nur schön sein. Vielleicht würde sie dann ein Mann lieben. Nach der Arbeit beeilte sie sich, nach Hause zu kommen, und legte sich auf dem Balkon der Lubinskys auf ihr kariertes Frotteetuch, um geschwind noch ein Stündchen die letzten Sonnenstrahlen in der Bloomfield Street aufzufangen, bevor der sinkende Sonnenball sich der nächsten Parallelstraße zuwandte. Überall in der Nachbarschaft saßen die Frauen nach der Abendmahlzeit auf den Stufen vor ihren Häusern in der wohltuenden Wärme, um sich von der feuchten Hitze des Tages zu erholen. Die Tante hatte einen Klappstuhl direkt vor ihrer Ladentüre stehen. Jede freie Minute saß sie darauf, im kurzen Kleid, mit weißen Kleenexfetzen auf den geschlossenen Augenlidern und dem Nasenrücken, nach Kokosöl duftend und glänzend wie am Spieß, die Beine von sich gestreckt, der Sonne zugewandt. Sie genoss es, im Sommer keine Farbe auf ihr Gesicht schmieren zu müssen. Braunsein war schön. Es war die Mode.

Miriams wöchentliches Gehalt hatte sich auf die schwindelnde Summe von siebzig Dollar erhöht. Bei einem englischen Friseur in der St. Catherine Street ließ sie sich die Haare kurz abschneiden. Rein waren die Achselhöhlen, glatt die Beine, kühl der Hals. Sie fühlte sich frei und zugleich nackt, entblößt und preisgegeben allem, was sie umgab, dem Dschungel der Stadt. Unbeweglicher, eingeschränkter kam sie sich zunächst vor in ihrer haarlosen Freiheit. Sie konnte sie nicht recht genießen. Das schwarze und das weiße deutsche Kopftuch mit den roten Röschen und den grünen

Blättern verstaute sie in der unteren Schublade der Kommode in ihrem Zimmer.

Sie genoss die Wärme an einem Samstagvormittag auf dem Balkon vor dem Wohnzimmer der Lubinskys, als der Postbote eine Einladung nach Kalifornien vom Bruder ihrer Mutter brachte. Die Leiterin der Stenotypistinnenabteilung, Mrs. Hodgkins mit der roten Hochfrisur, machte ihr klar, dass man nach knapp einem Jahr in der Sun Life Versicherung nicht mehr als acht Arbeitstage Urlaub erwarten könne. Die bepickelte Assistentin, Beverly, nickte vehement ihre Zustimmung und wies mit dem Zeigefinger auf die schwarze Witwe Barbara hinter einer der neuen, hellbraunen elektrischen Schreibmaschinen. Die Witwe hatte keinen reichen Onkel in Kalifornien, meinte sie.

Mrs. Hodgkins wollte wissen, was sie in Los Angeles zu suchen hätte. Wusste sie, dass die Luft dort verpestet war? San Francisco, das war eine Stadt. Aber Los Angeles? Dort gab es nur Schnellstraßen, die sogenannten Freeways, und braunen, rauchdurchsetzten Dunst. Widerwillig gewährte sie ihr zwei Tage Urlaubsverlängerung.

Die Tante sagte, sie brauche Sommersachen für die Reise.

Sie brachte einen Karton voller Zehn-Dollar-Sommerkleider vom Großhandel in die Bloomfield Street. »Probier das an!«, befahl sie vor der verzogenen Türe der Ankleidekabine im Laden und reichte ihr ein langes, weißes Kleid mit orangefarbenen Sonnen und einer zwanzig Zentimeter langen orangefarbenen Schleife vorne am Saum. Es passte wie angegossen. Sie gab der Tante einen Zehndollarschein. Sie schickte ein Foto von sich in dem Kleid auf den Treppen der Sun

Life Versicherung nach Deutschland. Man schrieb ihr zurück, das Kleid sei zu lang und dass die Mode in Deutschland doch eine ganz andere sei. Miriam behielt das Kleid, ließ sich aber von der Tante zu keinen weiteren, günstig erstandenen Modellen aus dem Großhandel überreden. Nach der Arbeit streifte sie durch die Kaufhäuser in der Stadtmitte. Sie kaufte sich knallenge, rosarote Hosen mit Schlitzen. Bei Eaton's, in der St. Catherine Street, hing an einer beigen Puppe im Schaufenster ein schwarzes ärmelloses Kleid mit tiefem Dekolleté. Miriam fand ihre Größe in der Damenabteilung im zweiten Stock. Sie starrte sich im dreiteiligen Spiegel vor den Ankleideräumen an. Sie. Ein Weib. Die Verkäuferinnen scharten sich um sie und erklärten einstimmig, das Kleid sei wie für sie gemacht und dass sie darin aussähe wie eine erfahrene Frau. Sie kam sich vor wie die Königin der Nacht aus Mozarts Zauberflöte.

Das Kleid war zu lang, es hing bis zum Boden. Sie wollte Onkel Dudu bitten, es ihr zu kürzen.

Die Straßenlampen brannten, als sie bei der Tante läutete. Sie war beim Kartenspielen. Onkel Dudu öffnete die Tür. Er hatte an, was er immer trug, die grauen langen Hosen mit dem schwarzen Gürtel, dem einzigen, den er besaß, ein gelbliches, ärmelloses Unterhemd und das hellblaue Maßband um den Hals.

Im Nähzimmer betastete er den dünnen Stoff.

»Und wieviel hast du dafür bezahlt, sagst du?«, fragte er bereits zum zweiten Mal. »Sowas hätte ich dir doch auch nähen können!«

Vor dem Onkel wollte sie sich nicht ausziehen. Sie ging nebenan ins Zimmer der Kusinen. Sie saßen aufrecht mit Lockenwicklern und Schulbüchern in ihren Betten. Miriam stieg in das Kleid. Frances schlug die Bettdecke zurück, schwang die weißen Beine über die Bettkante und stellte sich hinter Miriam. Sie schloss das Häkchen über dem Reißverschluss. Und als Miriam sich dann umdrehte, wurden ihre Augen unendlich groß, und sie stieß hervor: »Das kannst du meinem Vater nicht antun!« Becky, im Bett, runzelte die Stirn und meinte lakonisch: »Wieso läufst du nicht gleich nackt auf der Straße herum?«

Als Miriam das Zimmer verließ, hörte sie Frances hinter ihr: »Bitte, tue das meinem Vater nicht an!«, und gleichzeitig Beckys »Er wird die Träger kürzen!«

Miriam verschwand im Nähzimmer. Der Onkel starrte sie entgeistert an. »Okay«, meinte er, »die Träger sind viel zu lang. Wir können das Kleid von oben kürzen.«

»Nein, Onkel«, bat Miriam, »nicht die Träger. Nur den Saum.«

»Die Träger«, wiederholte der Onkel, und zerrte am Stoff über den Schultern. Sie zog die Träger wieder herunter.

Da murmelte er auf Polnisch »Kurwa« mit den Stecknadeln zwischen den Lippen. »Kurwa«, wiederholte er, sie sei eine Hure, sagte er, und fing an, die Stecknadeln in den Stoff über den Schultern zu stechen. Er war wütend. Sie hatte Angst vor den Stecknadeln und vor dem Onkel und dem scheußlichen »Kurwa«. Schließlich war das Kleid kürzer und der Busen weg. Vorsichtig, mit Daumen und Zeigefinger, zog sie die Stecknadeln aus den Trägern. Der Onkel seufzte seine Okays, wandte sich ab, setzte sich an die Nähmaschine und stützte den Kopf in die Hände. Und im Mädchenzimmer, als sie aus dem Kleid stieg, sagte die eine Kusine zu Miriam: »Du und dein Busen!«, und die andere: »Schau, was du angerichtet hast!«

Am nächsten Tag brachte sie das Kleid nach der Arbeit zu Eaton's Änderungsabteilung. Als es gekürzt war, holte sie es ab und legte es ganz oben in den gepackten Koffer auf ihrem Bett in der Lubinsky-Wohnung.

Hollywood

Onkel Philip hatte Miriam seine Frau, Yenti, auf Hochdeutsch als seine Gattin, Tante Dolly, vorgestellt. Sie wohnten in einem kleinen spanischen Haus mit rotem Ziegeldach und Fenstern mit Drahtnetzen und schwarzen Eisengittern in der Formosa Avenue im jüdischen Fairfax-Viertel. Ihre amerikanischen Söhne trugen Käppchen und die Namen von vergasten Großvätern, aber man rief sie Sammy und Stevie statt Schmuel und Schloime. Die Fransen, die unter ihren Hemden am Hosenhintern hervorlugten, machten Miriam den Eindruck, als hätten sie sich in Eile angezogen und vergessen, das ganze Unterhemd in die Hosen zu stecken. Schmuel-Sammy war vierzehn Jahre alt und Schloime-Stevie war sieben, und als sie hörten, dass Miriam ihre Mutter Tante Dolly rief, lachten sie aus vollem Hals und krallten sich aneinander fest wie Affen. Der Onkel zerrte sie auseinander und brüllte auf Deutsch: »Lausbuben!«. Aber er klang stolz dabei. Die Kinder hätten sich noch nicht an den neuen Namen ihrer Mutter gewöhnt. Selbstverständlich heiße seine Gattin Dolly, brummte der Onkel nun auf Englisch und auf Deutsch. Yenti, das war einmal, in Budapest. Nur zu Hause nannte er sie noch so. Außer Hause und bei allen anderen hieß sie Dolly. Das passte zu Hollywood und Beverly Hills und er wohnte genau zwischendrin. Hollywood war fünf Minuten nordöstlich von

Fairfax, und Beverly Hills lag fünf Minuten westlich, mit dem Auto, versteht sich.

In dieser Stadt ging man nicht zu Fuß. Alles was zeitlich gemessen wurde, betraf die Fahrzeit. Die Autos waren lang und amerikanisch bis auf den beliebten deutschen Volkswagen, den auch die Amerikaner Käfer nannten. Selbstbewusste junge Leute und Studenten in Bluejeans mit zerzausten Haaren fuhren Käfer zwischen den hässlichen Straßenkreuzern. Onkel Philip hatte einen neuen grünen Chevrolet. Er war untersetzt und fürchtete, übersehen zu werden. Sicher war das der Grund, warum er ab und zu brummte: »Mich kriegt keiner unter.« Sein bester Freund, Larry Diener, war genauso klein wie Onkel Philip. »Ihn kriegt auch keiner unter«, sagte Onkel Philip.

Larry und Onkel Philip trugen Schuhe mit dicken Einlagen und hohen Absätzen. Aber Larry wirkte elegant mit dem schwarzen Hut und der Hornbrille, wogegen Onkel Philip, mit den Hängebacken unter der beigen Rennfahrermütze, eher einer trägen, englischen Bulldogge glich, als dem wachsamen, zappeligen Mann mit den flinken Augen, der er in Wirklichkeit war. Larry hatte einen Cadillac, der so lang war wie ein Leichenwagen. Er fuhr Miriam und Onkel Philip vom Sunset Boulevard mit den ungeheuren Reklametafeln bis ans Ende von Santa Monica an den Pazifik, der glatt dalag wie ein riesiger Teich. Miriams Blick, von der Höhe über den breiten, weißen Strand, versank im Meer, Larrys Blick in ihrem Busen am Ausschnitt des himbeerfarbenen Pullis. Der stille Ozean. Miriam war überwältigt. Noch nie hatte sie so eine unendliche Weite erlebt. Hier wollte sie bleiben für immer und ewig. Sie stand am Rande des nordamerikanischen

Kontinents. Vielleicht würde die Welt jeden Augenblick umkippen und sie würde ins Meer fallen? Sie gingen zurück zu Larrys Leichenwagen. Larry war viel jünger als Onkel Philip. Er lächelte leise und vornehm durch die dicken Brillengläser und nannte sie die Nichte. Sie liebte ihn vom ersten Augenblick an, vielleicht weil er so bedürftig aussah. Weil er Liebe brauchte und Fürsorge. Onkel Philip sagte, Larry sei für sie entbrannt. Er war mit einer Amerikanerin verheiratet. Sie war groß, schlank und blond und bei weitem nicht so fromm wie Larry. Sie trug sogar Hosen und rauchte am Schabbes und nur seines Geldes wegen hätte sie ihn genommen, behauptete Onkel Philip, und die Amerikanerin hoffe, Larry würde tot umfallen, sagte Onkel Philip und fügte hinzu, dass sie jeden Tag im Garten mit ihrer verrunzelten Mutter Karten spiele und sich weder um Larry noch um die Kinder kümmere. Larry beteuerte ein ums andere Mal, dass Onkel Philip sich glücklich schätzen könne, eine treue Seele wie Dolly zur Frau zu haben. Dann strahlte Onkel Philip und beeilte sich, ein eingerahmtes Bild von Yenti aus der Budapester Zeit während des Krieges zu zeigen.

Los Angeles, die Stadt der Engel, blendete sie. Blauer Himmel, Sonnenschein. So viel Platz. So wenig Verkehr. Schnurgerade Straßen, die sich endlos hinzogen. An den Kreuzungen standen sich manchmal vier Tankstellen gegenüber. Die Straßen entlang reihten sich die schlanken Palmen aneinander wie biegsame Rasierpinsel.

Larry zeigte ihr das grüne, manikürte Beverly Hills und das rosarote Beverly-Hills-Hotel hinter dem Sunset Boulevard mit der berühmten Polo Lounge, wo die Filmleute

Geschäfte machten. Nur die knatternden Rasenmäher der japanischen Gärtner unterbrachen die Stille des eleganten Wohnviertels. Onkel Philip und Larry waren bekannt im Geschäftsviertel von Beverly Hills. An jeder Straßenecke schlug ihnen jemand auf die Schulter und schrie, »Du Teufelskerl, was tust du hier?« und, »Verdammt noch mal, wie gehts dir, du Teufelskerl?« und lud sie und die Nichte zum Lunch ein. Man fragte »How are you?« und man antwortete »How are you?«, so dass keiner erfuhr wie es dem anderen wirklich ging. Kaum wippten die Hüte der herzlich begrüßten Bekannten ein paar Köpfe voraus, belehrte sie Onkel Philip über den finanziellen Status dieser Leute.

Onkel Philip war ein Millionen-Dollar-Mann. Das sollte nicht heißen, dass er selbst eine Million hatte, aber wohl, dass seine Freunde und Bekannten reich waren. Er sagte, sie seien millionenstark. Tauber? Drei Millionen. Lustig? Fünf Millionen. Spiegelmann? Acht Millionen. Ihr schwindelte von den Zahlen. Hatte er jemanden besonders lieb, konnte ihm aber keine Nullen anhängen, so berief er sich auf dessen Onkel in Australien oder den Bruder in Brasilien, millionenschwere Leute. Ohne Geld war der Mensch keinen Cent wert. Onkel Philip meinte, Zeit ist Geld und Geld ist alles. In seinen Hosentaschen klirrten die Münzen und in der Brusttasche steckten Quittungen für Schürzenlieferungen an das Tropicana- und das Flamingo-Hotel in Las Vegas. Der große Sammy trug für einen Dollar die Woche jeden Morgen Zeitungen aus und der kleine Stevie stand vor einem hölzernen Klapptisch am Randstein der Formosa Avenue und verkaufte dort dünne Limonade in winzigen Papierbechern für fünf Cent. Die millionenschweren Künstler, die in Las Vegas auftraten, waren Onkel Philips Freunde. Zwar hatten Frank

Sinatra und Sammy Davis Jr., Dean Martin und Tony Bennett nicht auf der Bar Mitzwa der Birnbaums gesungen, aber Onkel Philip zeigte auf eingerahmte Schwarzweißfotos mit unleserlichen Unterschriften an der Wand im Family Room. Die Glückwunschkarten mit persönlichen Worten an Philip und Dolly von den Größen Hollywoods hatte Onkel Philip in einer schwarzen Ringmappe aufbewahrt.

Onkel Philip hatte ihr seinen Platz im Bett neben Tante Dolly überlassen, unter den zwei eingerahmten Bildern der Großmutter und des Vaters, denselben wie bei Tante und Onkel in Kanada, und schlief selbst auf der geblümten Couch im Family Room. Das Haus hatte ein großes und ein kleines Badezimmer, zwei Schlafzimmer und den Family Room, durch den man hindurch musste, wenn man in die Küche wollte. Im Family Room sah man fern. Die Küche war sonnig, roch nach Knoblauch und hatte eine Essnische mit gelben Blumenköpfen auf der tapezierten Wand. Das Esszimmer und das Wohnzimmer auf der anderen Seite der Eingangshalle lagen im Dunkel. Nur das Helle der Tücher über den schweren Mahagony- und Polstermöbeln war erkennbar. Wenn Gäste kamen, wurden die Tücher entfernt und die Kristallleuchter eingeschaltet. Ansonsten betrat man das Haus durch einen Seiteneingang neben der Küche, wo die Waschmaschine stand. Draußen unter dem Küchenfenster war ein schmales Blumenbeet. Dort wuchsen Pflanzen mit langen spitzen Blättern, deren Blüten aussahen wie orangefarbene Vögel. Paradiesvögel hießen sie. Die Luft war süß und warm, Kolibris schwebten wie kleine Hubschrauber über den schweren Blumenkelchen im Vorgarten. Sie war glücklich. Sie hatte Ferien. Sie war im kalifornischen Paradies.

Bei Sonnenaufgang stand Tante Dolly bereits mit verkrusteten Mehlbröckchen zwischen den Fingern am Herd. Sie kniete auf dem Fußboden und schrubbte das Linoleum. Sie hängte Leintücher an der Wäscheleine auf zwischen dem Zitronenbaum und dem rostfarbenen Lattenzaun auf dem Stück Rasen hinter dem Haus. Sie putzte die Fenster und sie kochte ungarische Krautwickel und Gulasch. Nach dem Mittagessen, wenn die Küche aufgeräumt und Miriam im Liegestuhl unter dem Zitronenbaum im Garten in ein Buch vertieft war, brachte ihr die Tante große Becher mit Eiskrem und Früchten und setzte sich ein kleines Weilchen zu ihr. Sie plauderte über Make-up und Frömmigkeit. Diese zwei Dinge beschäftigten die Tante ununterbrochen. Sie zerbrach sich den Kopf darüber, warum Miriam Lippenstift und Gottesfurcht ablehnte. Dennoch bewunderte die Tante sie, weil sie Bücher las, weil sie fließend Englisch sprach und Französisch lernte, und weil sie Sekretärin war. Die Tante war davon überzeugt, dass eine Sekretärin einen verantwortungsvollen Posten hatte und deshalb intelligent sein musste. Die Tante wünschte sich, sie hätte auch etwas gelernt und hätte einen Beruf. Aber sie wüßte ja nichts, sagte sie, und ihr Mann und ihre Kinder brauchten sie. Sie zog die Wäsche von der Leine, wand Betttücher und Kissenbezüge um den Hals und über ihre Schultern und eilte ins Haus. Nach dem Bügeln warf sie ihre Schürze über einen Küchenstuhl, befestigte goldene Reifen an ihren Ohrläppchen, zog ein buntes Kopftuch über ihre schweißnassen, schwarzen Haare und rannte mit Orangensaftflaschen und gestreiften Pullovern zu den Söhnen auf dem Baseballplatz.

Den Onkel überragte sie um einen Kopf. Wenn sie zusammen ausgingen, wirkte sie neben ihm wie eine Statue, die er, geschminkt, geschmückt, parfümiert und frisiert, prächtig gekleidet von zu Hause mitgebracht hatte. Ihr Schmuck war nicht echt und die eleganten Modelle, die sie auf Hochzeiten und Bar Mitzwas trug, brachte Onkel Philip am Tag nach den Festlichkeiten zurück in die Abendkleidabteilungen der riesigen Kaufhäuser, zu Robinson's in Beverly Hills oder zu May Company auf dem Wilshire Boulevard. So ungern seine Frau sich von den Kostbarkeiten trennte, sah sie dennoch ein, dass ihr Mann sich unnötige Ausgaben sparen wollte.

»Mein Mann«, so nannte sie den Onkel in Miriams Gegenwart, »mein Mann«, sagte sie, »ist nervös«, und kein Wunder, erklärte sie, bei alldem, was er erlitten hatte, sogar noch mehr als seine Schwestern, die im Lager gewesen waren. Hatte er nicht zwei Kugeln im Brustkorb? Der Allerärmste, niemals beklagte er sich, sie musste ihn behüten. Was sie ohne ihren Mann anfangen würde, wüsste sie nicht. Ewig dankbar würde sie ihm sein. Er hatte ihr das Leben gerettet in Budapest. Ohne ihn wäre sie in Auschwitz gelandet wie ihre Schwestern und Eltern.

Und warum waren Miriams Eltern in Deutschland geblieben? Dass einundzwanzig Jahre nach Kriegsende dreißigtausend Juden in Deutschland lebten, fand sie unerhört. Schließlich waren ja die Landsleute von Miriams Eltern alle ausgewandert. Und es ging ihnen gut. Sie lebten ein heimisches Leben wie früher, vor dem Krieg. Ihre Kinder waren Amerikaner. Und was war Miriam dagegen? Eine Schikse. Die Tante schämte sich, ihrer besten Freundin, Bella, zu sagen, dass ihre Nichte aus Deutschland sei. Sie sollte es nicht herumerzählen und schleunigst einen Amerikaner heiraten und Deutschland vergessen. Die Tante kannte einen geschiedenen Mann, den sie Miriam vorstellen wollte. Er war der Neffe ihrer Tante Roszika. Sie sagte, er sei nicht fromm.

ZÜGE IN DER KÜCHE

»Hüte dich vor der Yenti«, hatte Miriams Mutter ein Jahr zuvor bei einer Zigarette in der Küche zu Hause in Deutschland gesagt.

Seit dem Tag, an dem ihre Mutter das versteckte Päckchen Zigaretten in Miriams Schrank entdeckt hatte, hatten sie immer gemeinsam abends vor dem offenen Fenster am Küchentisch geraucht und die Mutter hatte erzählt:

»Sie war nicht im Lager und bildet sich etwas darauf ein.

In Budapest war sie, mit falschen Papieren.

Sie hat zum Papa gesagt, dein Weib wird keine Kinder kriegen können. Frauen, die im Lager waren, können nicht schwanger werden. Stell dir sowas vor. So eine Gemeinheit, dem Papa sowas zu sagen.

Sie hat geglaubt, sie wär was Besseres, nur weil sie nicht im Lager war. Und wir Frauen vom Lager, wir sind alle krank.

Aber sowas sagt man doch nicht. Weißt du, wie weh mir das getan hat? Mir sowas zu sagen?

Jung? Das ist keine Entschuldigung. Eine blöde Kuh ist sie. Aber sei höflich zu ihr, wenn dich Onkel Philip nach Kalifornien einladen wird. Zu dir wird sie nett sein. Mich kann sie nicht leiden.

Weil ich nicht ihr Dienstmädchen sein wollte, als ich vom Lager zu meinem Bruder nach Ungarn gefahren bin.

Wie Dreck hat sie mich behandelt.

Das macht nichts, du sollst trotzdem höflich zu ihr sein.

Was hat das mit dir zu tun? Du sei nett zu ihr. Sie wird dich gut behandeln, du wirst sehen.

Eine Schönheit war sie. Im Vergleich zu mir war sie doch gesund. Und ich, ich war eine arme kranke Maus. Zum Anziehen habe ich auch nichts gehabt. Die neue Garderobe von Onkel Dudu hat man mir im Zug nach Ungarn gestohlen.

Ich bin eingeschlafen im Zugabteil und als ich aufgewacht bin, war mein Koffer verschwunden.

Die Kleider?

Die Kleider hat mir Onkel Dudu noch in Bergen-Belsen genäht.

Er war doch Schneider.

Nach der Befreiung.

Er ist reingekommen ins Lager, da bin ich noch krank gelegen in der Baracke, mit seiner Nähmaschine ist er gekommen und einem Cousin von mir. Der hat Leute von den Birnbaums gesucht.

Und da hat er uns getroffen, drei Schwestern, mit nichts. In Lumpen. Nackt waren wir. Er hat Maß genommen. Wir waren alle drei verliebt in ihn.

Ausgesehen? Grüne Augen hat er gehabt und schwarze Haare. Aber das ist nicht wichtig. Er war ein guter Mensch, ein goldener Mensch. Er hat sich um uns gekümmert wie ein Vater.

Natürlich war ich verliebt in ihn.

Aber ich habe gemerkt, dass Tante Ada ihn liebt. Er war der richtige Mann für Tante Ada.

Die Tante Ada hat mir im Lager das Leben gerettet. Sie war die Älteste von uns. Ich habe ihr das Glück gegönnt. Soll sie zuerst heiraten. Und dann bin ich gleich weg. Als es mir besser gegangen ist.

Weil ich gewusst habe, es hat keinen Zweck. Ich zerstöre ihr Glück.

Da bin ich nach Ungarn gefahren, zu meinem Bruder. Er war schon verheiratet, und er hat uns nicht mal gesucht. Nur durch Zufall haben wir erfahren, wo er war damals.

Weil ein Cousin ihn ausfindig gemacht hat.

Aber dann, als die Yenti mich behandelt hat wie Dreck, da bin ich weg.

Sie hat gewollt, ich soll den Boden kehren.

Nach Freising.

Weil dort noch eine Kusine von mir war, du weißt doch wer.

Eben. Und paar Bekannte von meiner Heimatstadt waren auch dort.

Die Fela? Meine Schwester?

In Amerika heißt sie Faye. Auch ein Name. Schon gut. Von mir aus soll sie Faye heißen. Ich nenne sie Fela, aber du sollst sie nicht Fela nennen, sonst regt sie sich auf. Du sollst sie Tante Faye nennen.

Die Fela war noch in Bergen-Belsen.

Sie war doch auch in Onkel Dudu verliebt.

Aber sicher.

Bis nach Freising hab ich sie schreien gehört. Es war ein Riesenstreit zwischen ihr und Tante Ada. Beide haben sie um Dudu gekämpft. Stell dir vor, zwei Schwestern. So eine Schande. Nach all dem, was wir durchgemacht haben.

Ich? Was hätte ich tun sollen? Ein Brief ist gekommen von der Ada nach Freising. Sie hat um Hilfe gefleht. Sie hat geschrieben, die Fela schnappt ihr den Mann weg. Da bin ich nach Bergen-Belsen gefahren, mit dem Zug, und mit Gewalt habe ich die Fela weggeschleppt von dort.

Das kannst du dir nicht vorstellen. Sie hat geglaubt, der Dudu ist der einzige Mann für sie. Sie hat ihn geliebt über alles.

Zweiundzwanzig Jahre war sie.

Das stimmt. Als der Krieg ausgebrochen ist, war sie ein Kind. Der Dudu war ihre erste Liebe. Sie hat gesagt, wir haben ihr das Herz rausgerissen.

Leid? Natürlich hat sie mir leid getan.

Der Dudu? Was weiß ich? Jede von uns hätte er genommen. Aber die Tante Ada war die Stärkste von uns Dreien. Sie war die richtige Frau für ihn.

Du siehst doch, er ist kein Brotverdiener. Tante Ada arbeitet schwer und bitter. Kannst du dir vielleicht die Fela als seine Frau vorstellen?

Was?

Du wirst sie noch kennenlernen. Dann wirst du erst sehen.

Liebe ist nicht alles. Die Fela hat das schönste Leben. Und weißt du, wem sie das zu verdanken hat? Mir, nur mir.

Aber natürlich habe ich ihn ihr vorgestellt.

Ich hab ihn doch noch vor ihr kennengelernt.

Selbstverständlich.

Im Zug.

Im Zugabteil.

Ich sage dir doch, mir hat sie es zu verdanken, dass sie heute ein leichtes Leben hat.

Tanzpartner

Ba ba ba
ba ba ba ran
went to a dance
lookin' for a man
you got me rockin'
and a'rollin'
and a'reelin'
ba ba ran

In der Küche der Verwandten brannten die Schabbeslichter. Onkel und Tante hatten sich zurückgezogen. Sie stand im schwarzen Kleid mit dem tiefen Ausschnitt auf der Veranda und wartete auf den geschiedenen Neffen der Tante Roszika.

Er hatte eine Glatze. Schweigend fuhr er sie auf dem Santa Monica Boulevard geradeaus, immer geradeaus. Er bog nur einmal ab, nach links, in eine unendlich breite Straße. Sie hieß Avenue der Stars. Century City stand in Großbuchstaben auf einem der Gebäude. Es funkelte, es glitzerte wie zur Weihnachtszeit obwohl Hochsommer war. Alles war so unwirklich, wie ein Traum. Lichter, Asphalt, Himmel. So viel Raum, so viel Weite. Als schwebte sie zwischen den Sternen. Und dann das überwältigende Hotel, Century Plaza. Ein Labyrinth von Gängen mit beleuchteten Schaufenstern voller

Gold und Perlen und Edelsteinen. Er eilte voraus, sie ihm nach. Vor dem Eingang zum »Grand Ballroom« stand auf einer schwarzen Tafel an einem hölzernen Tafelständer: »Dance for Young Single Professionals«. Der Neffe ließ sie an einem runden Tisch für zehn zurück und tauchte in der Menge unter. Fremd und verloren saß sie da, bis ein schlanker Schwarzhaariger mit hoher Frisur vor ihr auftauchte und feierlich, als wäre sie eine Prinzessin, um einen Tanz bat. Sie dankte Gott. Ihr Gesicht war heiß. Der Unbekannte zog sie hoch vom Stuhl zu einem zackigen Cha Cha. Sie folgte seinen Rückwärtstanzschritten vorwärts und seinen Vorwärtsschritten rückwärts. Er grinste mit hervorstehenden, viereckigen, kurzen Zähnen, zu breit und zahlreich für die schmalen Kiefer unter den Backenknochen. Etwas wie Gerührtheit spürte sie in seinen Augen. Er war braun. Vielleicht war er ein Perser. Die buschigen Augenbrauen. Solch schneidige Drehungen machte er, dass sie ihn aus dem Gleichgewicht brachten und in die entgegengesetzte Richtung trieben. Sie suchte seinen Kopf zwischen den anderen und trippelte ihre Cha-Cha-Schritte, bis er sich zu ihr zurückschlängelte mit Fingerschnalzen und Schulterzucken und »Uh Uh« Lauten durch die geschürzten Lippen. Er tat, als wäre seine Art, von ihr wegzutanzen, ein ganz besonderes, geübtes, von ihm beabsichtigtes Manöver. Er strengte sich an, ihr zu zeigen, was er konnte. Ihr gefiel dieses Alleintanzen nicht. Sie war dankbar, als ohne Zwischenpause eine Schnulze anfing. Sie wäre jedem Beliebigen an die Brust gesunken. »Hey, hey, Pauhaula, I wanna marry you. Hey, hey Pauhaul ....« Die Schlager der Fünfziger und Sechziger Jahre machten sie schwach. Sie erinnerte sich an italienische Sommernächte. Schweißgebadet zog er sie an sein blauweiß gestreiftes

Seersuckerjacket aus leichtem Krepp, steifes Schießeisen unter dem schwarzen, glänzenden Hosenstoff durch das dünne Kleid an ihrer Hüfte. Ein Jahr zuvor hatte sie eng mit einem Studenten in England getanzt und ihn gebeten, seine Schlüssel woanders hinzutun, weil sie ihr weh getan hatten. Er hatte seine Schlüssel gelassen, wo sie waren, und sie hatte geglaubt, dass er sie nicht verstanden hätte. Mittlerweile wusste sie, dass die steife Stange kein Schlüssel war, und sie schwieg. Er wiegte sich mal links, mal rechts zu »Strangers in the Night« und summte und sang, nicht im selben Ton wie Frank, Skubidubidu in ihr rechtes Ohr. Zurück, am Tisch, hockte er wie ein Kind neben ihrem Stuhl und kritzelte Onkel Philips Telefonnummer auf eine silberne Century Plaza Zündholzschachtel. Er wies zum Ausgang, wo zwei Männer winkten, und erklärte, er sei in Eile, seine Freunde, die Boys, warteten auf ihn. Und er verschwand. Um Mitternacht, als sie in einem klapprigen, gelben Taxi zur Formosa Avenue zurückfuhr, stand Onkel Philips Telefonnummer auf mehreren silbernen Zündholzschachteln.

Am folgenden Morgen hörte sie einen Aufschrei von Tante Dolly in der Küche. Ein Tanzpartner der vergangenen Nacht war am Telefon. Er hatte sogar eine Großmutter und eine Tante in Fairfax. Er lud Miriam zum Abendessen ein. Tante Dolly rief ihre Schwestern, Ibi und Magda, und ihre Freundin, Bella, an, und kreischte, aufgebracht vor Freude und Erregung, in den Hörer: »Was redest du, kaum paar Tage ist sie hier und schon hat sie eine Verabredung. Kein Wunder, mit so einer Figur! Sowas hast du in deinem ganzen Leben noch nicht gesehen!«

Die Schwester Magda kam, um die Nichte zu begutachten. Unter der hellbraunen gelockten Perücke sah sie aus wie eine alte Puppe. Sie wohnte nur eine Parallelstraße hinter Tante Dolly. Jede Stunde telefonierten die Schwestern, und ohne Thomas Edisons Erfindung wären sie auch zurecht gekommen, denn allein die Lautstärke des Geschreis hätte die Nachrichten auf Ungarisch und Englisch von der Formosa ungehindert zur Fuller Avenue getragen und umgekehrt.

Magda hatte zwar einen starken Akzent, sprach aber ein flüssiges Englisch in einem etwas überlegenen Ton, denn fast alles wusste sie besser als ihre Schwester, über deren Naivität sie nachsichtig lächelte. In der Küche erzählte sie Miriam, dass sie in Auschwitz gewesen sei und dass es nichts darüber zu erzählen gäbe. Nach dem Krieg war sie zu alt gewesen für einen der Kindertransporte raus aus dem Land der Nazis, und deshalb hatte sie gelogen und ihre gelebten Jahre verkürzt. Gott würde sie gewiss nicht strafen dafür. Mit einem Schiff war sie in Kalifornien eingetroffen, gemeinsam mit dem siebzehnjährigen, federleichten Larry Diener. Von seiner Familie war niemand übrig geblieben. Wie ein Besessener hatte er auf den Wellen gebetet. Heute führte er ein gutgehendes Teppichgeschäft und besaß außerdem ein Vermögen in Form von Grundbesitz in Hollywood und Beverly Hills, verwaltet von den Larry-Diener-Enterprises auf dem Olympic Boulevard. Das Beten hatte geholfen. Sie lachte. Sie, Magda, hatte eigentlich Glück gehabt, weil sie, ihres erlogenen Alters wegen, in der kalifornischen Highschool ein bisschen Bildung und Englisch mitbekommen hatte. Sie konnte lesen und schreiben. Mit neunzehn, nein, einundzwanzig, stellte sie ihr alter Onkel einem mittellosen, amerikanischen Rabbiner vor, und von ihm bekam sie vier Kinder. Sie hoffte auf eine Schar von Enkelkindern, um Hitler eins auszuwischen. Magdas Mann verdiente kaum genug, um die Familie über Wasser zu halten. Da erwies sich das deutsche Wiedergutmachungsgeld als wahrer Segen.

Tante Dolly stand mit triefenden Händen am Spülbecken und sagte, bei ihr hätte man nicht wiedergutmachen wollen. Als sie mit dem Onkel in Kalifornien angekommen war, war sie an der Lunge erkrankt. Sechs Jahre lang durfte sie nicht schwanger werden. Eine Zeitlang war sie in einem Sanatorium gewesen. Nach dem ersten Kind musste sie wiederum sechs Jahre vergehen lassen, bis sie schwanger werden konnte. Die zuständigen deutschen Behörden schrieben an Onkel Philip, dass die Lungenkrankheit nicht als verfolgungsbedingt anerkannt werde. Onkel Philip sagte, die Leute im Landesentschädigungsamt seien Schlawiner. Eine Bande nannte er sie. Seit seiner Auswanderung war er in ihrer Sache noch zweimal alleine nach Europa gereist, vergebens. Tante Dolly wurde laut und wütend, wenn davon die Rede war. Sie wollte sich nicht mit Deutschen streiten, sie hatte Angst vor ihnen, und außerdem, sagte sie, hätte sie kein Recht auf eine Rente. Hatte sie denn gelitten so wie ihre Schwestern? War sie vielleicht in Auschwitz gewesen so wie ihre Schwestern? Hungern in Budapest war nichts im Vergleich zu Auschwitz. Und kein einziger deutscher Pfennig würde ihre vergasten Eltern wieder lebendig machen.

»Ich brauche ihr Geld nicht«, betonte die Tante.

»Wie du willst«, meinte die Schwester. »Stolz kann ich mir nicht leisten.« Magda stützte sich am Tisch ab und erhob sich vom Stuhl, als trüge sie ein Zentnergewicht. »Man muss nicht in Auschwitz gewesen sein, um gelitten zu haben«, bemerkte sie und hob ihre zerbeulte Handtasche vom Boden auf. »Du sollst nie erfahren was es heißt, zu hungern«, sagte sie zu Miriam bei den orangefarbenen Paradiesvögeln in der Sonne vor dem Küchenfenster. »Jeder Pfennig der Wiedergutmachung ist für meine Kinder.« Sie ging die Einfahrt hinunter. Auf der dritten Stufe des Hintereingangs rief Tante Dolly mit dem Geschirrtuch in der Hand vor der angelehnten Tür etwas auf Ungarisch. Magda, ohne sich umzudrehen, winkte ab und schrie auf Ungarisch zurück. Auf dem Gehweg neben den Palmen drehte sie sich alle paar Schritte um und rief etwas zur Tante hinüber, die jetzt vor der Einfahrt stand und zurückschrie. »Meine Schwester ist arm«, wandte die Tante sich an Miriam und schrie weiter. Die Schwester war kleiner geworden am Ende der Straße. Aber sie schrie immer noch. Rollende Rs, lange, gutturale Vokale und so viele Ös. Eine herrliche Sprache. Sie liebte ihre Schwester, beteuerte sie. Sie war ihr Ein-und-Alles. Sie stand ihr bei mit Rat und Tat. »Sie braucht das Geld«, fügte die Tante hinzu, und beide schrien weiter, bis Magda an der Straßenecke, an der sie abbiegen musste, verschwunden war. »Was redest du?«, und die Tante drehte sich ruckartig um und eilte zurück, die Einfahrt hinauf zu der Tür mit dem Drahtnetz vor der Küche.

Onkel Philip war der Meinung, dass seine Gattin zu viel plauderte. Wenn er seine Suppe mit Behagen schlürfte, ließ er sie gewähren. Schwieg sie aber nach dem Dosenpfirsich oder gemischten Fruchtcocktail mit den knallroten und oh so begehrten Maraschinokirschen immer noch nicht, lehnte er sich im Stuhl zurück und fing an, jiddische und hebräische Lieder zu singen. Um die Rednerin, die Tante, zu übertönen, begleitete er sich mit Fingerklopfen auf dem Tischtuch, dass die Brösel flogen und die Gabeln zitterten. Erst wenn er zu den Tönen aus der Kehle mit beiden Handflächen auf den Tisch trommelte, seine Schuhsohlen auf das Linoleum stampften und die bierfarbene Iris in seinen Augäpfeln unterging wie die Sonne im Meer, wurde sie still und musterte ihn gekränkt.

Täglich parkte Larry Diener seinen Leichenwagen in der Einfahrt neben Tante Dollys Küchenfenster. »Da ist er schon wieder«, sagte Onkel Philip jedesmal zu Miriam. »Sei höflich zu ihm, er ist vernarrt in dich. Der Ärmste.« Larry fragte die Nichte, ob Onkel Philip sie auch gut behandelte. So ein schönes Mädchen wie sie! Er schmachtete sie durch die Brillengläser an, während er die Tonleitern mit Onkel Philip summte. A-moll und C-Dur, Einleitungen zu den Liedern des Gottesdienstes und der Heimat. In kleinen Pausen des Gesprächs oder mittendrin fingen sie an zu singen. Ihre Leidenschaft, ihre Liebe zur Musik jagten Miriam eine Gänsehaut über den Rücken. Das Summen war ein Vorgeschmack auf das, was kommen würde. Wenn es eine Melodie war, die erst einmal ausgepackt werden musste aus dem Koffer ihrer Kindheit, dann hieß es immer »weißt du noch?«, und blieb einer stecken, summte der andere weiter. Und so halfen sie einander, sich zu erinnern an das, was einmal gewesen war. Aus dem Summen entstanden zögernde Laute, dann Worte. Sie blickten sich tief in die Augen wie zwei Liebende. Das Herrliche, das sie erwartete, schoben sie hinaus so lange sie konnten. Bald lächelte einer, der andere nickte Zustimmung, bald winkte einer, der andere spitzte Daumen und Zeigefinger wie ein Dirigent. Und dann, schon im Takt des zentralen Motivs der jiddischen Arie, erhoben sie sich von den Küchenstühlen und machten kleine Schritte zum Takt der Melodien um den Küchentisch herum, zum Family Room und zurück. Und da sangen sie dann aus ganzer Seele, aus voller Kehle; von den tappenden Ledersohlen bis zu den bebenden Käppchen lebten sie das Lied, wühlten in den Gefühlen, die aus ihnen herausbrachen wie die Lava aus einem Vulkan. Schrillte das Telefon durch die Männerstimmen, schrie Tante Dolly in den Hörer, »sie singen, komm rüber«. Und wegen der Liebe zur Musik, Tante Dollys Mohn- und Kakaokuchen und der Nichte aus Europa, war die kalifornische Küche in der Formosa Avenue im August 1966 vollgestopft mit singenden Galiziern, die Miriam das letztemal als kleines Kind in Deutschland nach dem Krieg gesehen hatten. Sie hörten nicht auf zu fragen, warum ihre Eltern in Deutschland lebten. War es möglich, dass Mutter und Vater die ganz wenigen oder gar einzigen Überlebenden ihrer zwei polnischen Heimatstädtchen waren, die ihre Kinder in Deutschland großgezogen hatten? Die übrigen saßen doch alle hier in Onkel Philips Küche und sangen Lieder.

Der Perser

This mahagic moment,
while your lips are close to mine
will last forever
forever till the ehend ohof tahahime
wo ho ho ho ho,
wo ho ho ho ho
wo ho ho ho ho ho,
wo ho ho ho

Ihre Verabredung war der Perser im blauweiß gestreiften Seersuckerjacket aus leichtem Krepp. Im abgestaubten, blitzenden Salon der Familie Birnbaum sah er aus wie der Filmschauspieler George Hamilton. Das elf Pfund schwere Bar-Mitzwa-Album der Birnbaums lag auf seinem schwarzen Schoß, und der große Sammy und sein kleiner Bruder kauerten auf dem Boden und glotzten ihn an. Er erzählte ihnen, dass er seine Bar Mitzwa im Jahre 1951 mit einer zwei Meter langen Challe im Stadtteil Bronx von New York gefeiert hatte wie ein Prinz. Onkel Philip und Tante Dolly tauschten erleichterte Blicke neben ihm auf dem Sofa. Strahlend verabschiedeten sie sich auf der Veranda, und der Perser, der dem Filmschauspieler George Hamilton glich, fuhr Miriam im 1959er Chevrolet geradeaus gen Westen zum Pazifik, wo er sie am Geländer des Santa-Monica-Landungsstegs plötzlich an sich riss und seine Lippen auf ihren Mund presste. Weiche Lippen, steifes Schießeisen! Ihr, der seit einer Ewigkeit Ungeküssten, wurde schwindlig. Er blickte sie zufrieden an, als hätte er eine wichtige Besorgung erledigt. Als er dann die Wagentüre für sie aufhielt, bemerkte er ganz nebenbei, dass seine Verabredungen stets den Hebel innen an der Fahrertüre für ihn hochzogen, damit er sich nicht von außen mit dem Autoschlüssel bemühen müsse. Eine Geste dieser Art, betonte er, bewies ihm, dass die weibliche Verabredung seine Einladung zu schätzen wisse. Miriam fasste es als einen Hinweis für ihr zukünftiges Verhalten als Beifahrerin auf.

Er fuhr sie zum Essen in ein italienisches Restaurant. Ein schlanker Maitre mit einem hinreißenden Akzent tat, als wäre ihr Begleiter ein arabischer Prinz. Miriam nannte er »die Signorina«, und bat, mit einer graziösen Handbewegung, ihm zu folgen. In einer intimen Ecke saßen sie nebeneinander an einem kerzenbeleuchteten Tisch. Sie war selig. Ein Wesen in Hosen, Hemd, Krawatte und Jacket. Sein Körper so nah. Sie sog ihn ein, den Geruch, den Mann. Ein kantiges Gesicht, melancholische Augen, Lippen, die sie küssen würden, bereits geküsst hatten, sie und viele andere, das spürte sie an den Gesten und am Ton des Maitres, an der Art und Weise wie er sie an den Tisch geführt hatte, an der Vertrautheit seines Lächelns. Sie war eine von vielen Signorinas, die der Perser hierher gebracht hatte.

Er erwarte, dass sie ihren Teller leer essen würde, sagte der Perser plötzlich, nachdem der Maitre ihr majestätisch die in Leder gebundene Speisekarte überreicht hatte. Und dass es ihn verdrieße, wenn seine Verabredungen halbvolle Teller stehen ließen, fügte er hinzu. Sie wählte ein Hauptgericht. Er machte Vorschläge für die Vorspeisen. Ein Ober erschien und präsentierte dem Perser feierlich eine Flasche Wein wie dem frischgebackenen Vater einen Säugling. Ein zweiter Ober erschien mit einer zierlichen Taschenlampe, um das Schild an der Flasche zu beleuchten. Der Perser nickte. Die Flasche quietschte weich und erquicklich beim Entkorken. Der Wein sprudelte kurz in das Glas. Man bestellte von der Speisekarte, und er und Miriam blieben allein mit dem Wein.

Er sei Rechtsanwalt, erzählte er. Pflichtverteidiger. Vergewaltigung, Raub und Mord, das war seine Sache. Es war unwichtig, ob er an die Schuld oder Unschuld eines Angeklagten glaubte, maßgebend für ihn war ausschließlich, dass er die Interessen, die gesetzlichen Rechte dieser Menschen vertrat. Dann hatte er noch drei Hobbies: Bücher, Essen und Frauen. Und nicht unbedingt in dieser Reihenfolge. Er grinste. Er musterte sie forschend. Sie zitterte und schob marinierte rosarote Kugeln in den Mund und glitschige schwarze Bindfäden, rotes Pürree und lauwarmes Grünzeug. Alles schluckte sie ruhig und hörte ihm zu. Nach dem Essen küsste er sie bis in die frühen Morgenstunden im geparkten Chevrolet gegenüber von Onkel Philips vergittertem Salonfenster, und er stöhnte, wie köstlich sie sei, wie wohlschmeckend, wie zart. Für ihn war sie ein saftiger Braten. Trotzdem erwiderte sie seine Zärtlichkeiten wie eine Verhungerte, schmiegte sich an die weiße, nach Körperdunst duftende Hemdbrust, fühlte sein Herz und glühte unter seinen Leidenschaftserklärungen in der Schwüle der kalifornischen Nacht. Als die Sonne aufging, gab sie das italienische Abendessen in Onkel Philips Kloschüssel von sich.

Onkel Philip meinte, die Krawatte des Kavaliers sei zu schmal, doch es gefiel ihm, dass seine Großmutter aus Polen stammte und ein Mitglied in der Synagoge von Kantor Fischbein, einem Landsmann, war. Onkel Philip fand, der Kavalier hätte eine gewisse Ähnlichkeit mit George Hamilton, dem Filmschauspieler. Weil Miriam aus Europa war, kaufte George Karten für *Eine Nacht in Wien* mit den Los Angeles Philharmonikern und einem Gastdirigenten aus Österreich in der Hollywood Bowl. Sie saßen auf einer Bank unter den Sternen. Die Silhouetten der Zedern und der Eukalyptusbäume zeichneten sich gegen den noch nicht ganz dunklen Himmel ab. Tief unter ihnen leuchtete weißgelb die Bühne wie eine halbe Zitronenscheibe. Eine korpulente Erscheinung in hohen Lackstiefeln und Minirock zwängte sich mit ihrem Krokodillederköfferchen durch die Reihe.

Es sei nicht schön, zu kritisieren, fand Miriams Begleiter, und da schämte sie sich ihrer Intoleranz. Gewiss, er war ein besserer Mensch als sie, ein Mann mit guten Eigenschaften. Die Musiker stimmten die Saiteninstrumente. Trompeten und Klarinetten meldeten sich wie ungezogene Kinder, die die Erwachsenen bei der Unterhaltung unterbrechen. Und plötzlich wirbelten die Trommeln wie beim Einmarsch eines Kriegsheeres. Tausende standen. George zog sie von der Bank hoch. Sie sah zu, wie er würdevoll die rechte Hand über seine linke Brust legte. Verblüfft stand sie neben seiner Ehrfurcht. Und dann brauste die Nationalhymne der Vereinigten Staaten. Die Menge sang tief ergriffen. Heiligkeit senkte sich auf Hollywood vor Einbruch der Nacht. Und er, der sie hierhergebracht hatte, er war ein stolzer, ein vaterlandstreuer Amerikaner.

Schabbes-Schikse

Er knipste sie im Badeanzug auf dem Sand von Malibu. Sie schwamm weit hinaus ins Meer, er winkte vom Strand und rief: »Komm zurück!« Er war kein starker Schwimmer. Dann wollte er ihr seine Bude zeigen. Zögernd erklärte sie ihm, ihre Mutter und ihr Vater erwarteten, dass sie als Jungfrau in die Ehe ginge. Er sagte, er wüsste nicht, dass es heutzutage noch so etwas gäbe. Sie solle ihm nur vertrauen, er hätte schöne Lichtbilder vom letzten Urlaub mit seinen Freunden, den Boys, in Hawaii, und von der Hochzeit seines jüngeren Bruders und Familienfotos von der goldenen Hochzeit seiner Großeltern. Er fuhr sie zu seiner möblierten Zweizimmerwohnung. Zitternd saß sie im Auto auf dem Weg dorthin. Zitternd stieg sie im Dunkel die Treppe zu seiner Wohnung hinauf. Sie wollte erobert werden wie in den Liebesromanen. Sie sah sich in leidenschaftlicher Umarmung auf seiner Matratze. Sie fühlte seinen harten Körper auf ihrem. Ein williges Werkzeug würde sie sein unter seinen starken Händen.

Im Wohnzimmer war es stockfinster. Er knipste eine Stehlampe an und holte verschiedene Kästen aus einem Schrank. Er stellte eine senffarbene Stange auf drei Stützen auf und hakte eine Leinwand ein. Er verschwand ins Schlafzimmer und kam mit dem Projektionsapparat zurück, setzte ihn auf einem Klapptisch nieder und legte ein Lexikon unter.

Dann setzte er sich neben den Klapptisch. Sie saß weit entfernt steif auf dem Sofa. Zwischen ihnen tanzte der Staub im Schein der Projektionslampe. Er beschrieb die Personen auf der Leinwand, nannte Namen und Daten und gab Anekdoten zum Besten. Zwischen den Fotografien der Familie und der Freunde erschienen in Abständen von ungefähr zwanzig Bildern nackte Frauen im Sand und im Schnee, auf einer Strickleiter, unter einem Kaktus, in einer Schüssel, auf einem Segelschiff und im Schlamm. Sie erschienen und verschwanden so blitzartig, begleitet von einem »Oh, sorry ich weiß nicht .....« von George, dass Miriam nicht sicher war, ob sie wirklich etwas gesehen hatte. Sie sah Lichtbilder von Palm Springs und Las Vegas, sein Arm um die Taille einer reifen, schwarzhaarigen Frau. Sie hatte melonenförmige Brüste und sah aus wie Elizabeth Taylor. Sie sei gut im Bett, warf er hin in die Dunkelheit des Raumes. Manchmal verklemmte sich der weiße Pappkartonrand eines Lichtbildes. Dann rüttelte und zog er daran und sagte »gleich hab ichs«. Stunde um Stunde verging. Er rührte sie nicht an. Sie war erleichtert und zugleich enttäuscht.

Onkel Philip nutzte die Gelegenheit, eine Ungläubige im Hause zu haben. Er sagte, Miriam sei die Schabbes-Schikse. Alles am Schabbes Verbotene war ihr im Hause eines Frommen erlaubt. Sie knipste das elektrische Licht an und sie schaltete den Fernseher ein. Die Söhne klatschten in die Hände. Statt in ihrem Zimmer zu beten, thronten die Prinzen am Schabbes den ganzen Tag mit hängenden Kinnladen in ihren gestreiften Bademänteln auf der Couch im Family Room. Die Mutter servierte ihnen auf wackligen Klapptischen Mehlspeisen und Milch, Suppe und weiße

Brotscheiben mit dicker Erdnussbutter, und Eiskrem in Bechern. So versunken in den Fernseher waren sie, dass sie kein Wort des Dankes hervorbrachten. Tante Dolly machte sich nichts daraus. Sie war froh, dass ihre Söhne einen guten Appetit hatten. Essen ist gesund, sagte sie, sie mussten essen, sonst würden sie nicht wachsen und gedeihen. Miriam sei zu dünn, meinte sie. Ihre Söhne waren dick. Das bedeutete, dass sie kräftig waren. Dünne Kinder sind krank, betonte sie und fügte ein »Was redest du?« hinzu. Es war ihre Mutterpflicht, für die Kinder zu kochen. Sie stopfte Essen in Miriam hinein wie Wurst in eine Haut. Kaum hatte sie eine Gabelvoll Krautwickel gekostet, knallte ihr die Tante einen Hühnerschenkel auf den Teller und klatschte ein von gelbem Fett triefendes Dreieck Lokschenkugel daneben. Onkel Philip brachte Kisten einer preiswerten Imitations-Cola mit Kirschgeschmack aus dem Supermarkt nach Hause. Es gab viel grünen Salat mit grünen Gurken und Tomaten, gelbe Melonen und Wassermelonen und dünne Steaks, die Onkel Philip auf dem Barbecue auf der Veranda in Sekunden grillte. Der Kühlschrank war fast so groß wie eine Telefonzelle und zum Bersten voll. Der Abfall verschwand sofort. Die Eier- und Kartoffelschalen, Tomatenreste, Toastkrümmel, sogar die steinharten grünen Wassermelonendeckel, die aussahen wie Schildkrötenpanzer, alles schmiss die Tante in den Abfluss der Spüle in der Küche, ließ das kalte Wasser aus dem Hahn laufen und drückte auf eine Taste an der Wand. Der Küchenboden bebte, die Wände zitterten, die Küche brüllte und ächzte, Miriam fürchtete, das Haus würde zerbrechen, aber die Tante lachte nur und sagte: »Was redest du? Abfall stinkt. Wir sind doch fortschrittlich hier in Kalifornien.«

Der Tag, die Woche, der Monat, die Feiertage, das Jahr, das ganze Leben in Tantes und Onkels Haus drehte sich um das Essen. Während der Mahlzeiten schnauften sie wie Bergsteiger. Die Tante riss das Geflügel mit den Händen auseinander und schob zu große Stücke in den Mund. Sie kauten rasend und so angestrengt, dass die Ohren wackelten. Mit aufgestützten Ellbogen saßen Onkel, Tante und Söhne am Tisch. Das Steak hielten sie mit Daumen und Zeigefinger an beiden Enden der Rippe und sie bissen in das Fleisch hinein wie in einen Apfel. Saft rann ihnen an den Armen herunter. Gabel in der Faust stachen sie in die Erbsen, sie spießten die Kartoffeln auf, sie schoben mit den Fingern die Speisen zurück, wenn sie drohten vom Rand des Tellers zu rutschen. Die Messer lagen unbenutzt auf den Plastikunterlagen. Wo die Nichte ihre feinen Tischmanieren gelernt hatte, wollte die Tante wissen.

»In Deutschland.«

»Aber dort hat man doch Menschen vergast.«

»Was hat das mit Tischmanieren zu tun?«, brummte der Onkel.

Onkel Philip fuhr fast täglich zum Supermarkt einkaufen. Er sagte, seine Gattin kenne sich nicht so gut aus mit den Preisen und dem Geldzählen, und ihre Besorgungen dauerten eine Ewigkeit. Bei ihm ging alles schnell. Mit dem Fleischeinkaufen traute sie ihm jedoch nicht. Zweimal in der Woche machten sie gemeinsam die Fahrt zum koscheren Metzger in der Fairfax Avenue. Einmal setzte der Onkel Miriam dort mit der Tante ab, während er einen Parkplatz suchte. Hier gingen Menschen zu Fuß und trugen Einkaufstaschen. Hebräische Lieder plärrten aus den offenen

Ladentüren, die Bäckerei Schwarz und Canter's Delikatessen verbreiteten ihre Düfte und aus den eingerahmten Fotografien in den Schaufensterauslagen verfolgten sie die trübsinnigen Augen angesehener Rabbiner. Tante Dolly wollte zwei Hühner kaufen. Sie zog Miriam in einen Laden, in dem, wie sie wusste, die Hühner am frischesten waren. Diesmal lagen sie aber alle bereits verpackt in der Kühltruhe. Sie konnte das nicht verstehen. Wo waren die frischen Hühner? Gereizt wandte sie sich an einen Angestellten mit blutbefleckter Schürze:

»Wo sind die Hühner?«

Er wies mit einem Messer auf die Kühltruhe neben ihr.

»Aber die sind doch schon verpackt«, regte sie sich auf. »Ich will ein frisches Huhn sehen, verstehen Sie?«

Er zuckte mit den Schultern. »Die sind frisch«, sagte er zu ihr, »ich habe sie eben verpackt.«

»Nein«, sagte die Tante und winkte ab.

Der bärtige Ladenbesitzer mit Filzkäppchen auf dem Kopf erschien aus einem Hinterraum und versuchte die Tante zu überzeugen, dass die verpackten Hühner in der Truhe frisch vom Lieferwagen waren.

Aber die Tante wollte die Henne vom Lieferwagen herunterklettern sehen, eine ganze Henne, und sie wollte dabei sein, wenn das Huhn viermal gewaschen, in vier Teile geschnitten und vor ihren Augen verpackt wurde. Sonst würde sie nicht glauben, dass das Huhn frisch und sauber ist. Das sagte sie so laut, dass es jeder hören konnte.

»Glaubst du es vielleicht?«, sie stieß Miriam mit dem Ellbogen in die Seite. »Ich gebe meinem Mann und meinen Kindern nur frisches Fleisch. Ich will sie nicht vergiften, was redest du?«

Zigeunerin

Tante Dolly zeigte ihr den Farmer's Markt auf der Fairfax Avenue und der Dritten Straße. Onkel Philip hatte gesagt: »Geh immerzu geradeaus bis Fairfax und dann links, du wirst es schon sehen, meine Gattin weiß es nicht so genau.« Es wimmelte von Gemüse- und Obstständen und Massen von Touristen in Shorts auf dem heißen Beton. In den Souvenirläden mit Palmenstrand-Aschenbechern, den Geschäften mit Sonnenbrillen, mit farbigen Frotteepullis und dicken Badetüchern mit Pazifikwellen, den Geschenkeläden mit Kristallfischen quetschten sich die Schaulustigen aneinander vorbei. Nach dem Gedränge zwischen den Buden sank Tante Dolly erschöpft auf einen Stuhl an einem klebrigen Tisch im Freien. In der Schlange vor dem Pizzastand hatte sie die gedruckte Auswahl auf der Speisekarte verwirrt. Sie hatte Miriam verständnislos angeguckt und ihr Onkel Philips Dollarscheine in die Hand gedrückt. Die Speisekarte hatte sie zurückgegeben. »Wähle etwas ohne Fleisch. Ich kenn mich da nicht so aus. Du weißt es besser.«

Bestürzung. Sie rechnete geschwind. 1945 war die Tante achtzehn Jahre alt gewesen. Als der Krieg ausbrach, war sie zwölf. Sie entstammte einer kinderreichen Familie aus einem Dorf in den Karpaten. Die Tante in Kanada hatte sie eine Zigeunerin und Analphabetin genannt. Miriam brachte ihr ein Stück Pizza mit Tomaten und Käse auf einer schmierigen Papierunterlage und legte das Kleingeld auf den Tisch.

Als sie müde und verschwitzt in die Formosa Avenue zurückkehrten, saß im Schatten der Veranda eine blonde Dame in der blauen Hollywoodschaukel. Sie trug ein rotes Kostüm mit Seidenbluse und Perlenkette, Nylonstrümpfe und weiße Stöckelschuhe. Die Dame rutschte von der Schaukel, fiel Miriam schluchzend um den Hals und nannte sie ein kostbares Schäflein. Auf der Hochzeit ihrer Mutter in Deutschland hatte sie der Braut die Schleppe getragen. Schon in Polen hatte sie sie gut gekannt. Sie stammte aus derselben Stadt. Wusste sie denn, von was für einer Familie sie, Miriam, abstammte? Ihre Großmutter war eine edle Frau gewesen und ihre Urgroßmutter eine Dame von Welt, eine Großfürstin. Sie, Poltscha Kessel, hatte sich jeden Freitag von dieser Großfürstin an der Hintertüre Geld geborgt, damit ihre Familie zu essen hatte am Schabbes, und hatte das Geld jeden Montag zurückgezahlt und am folgenden Freitag wieder geborgt. So ging das jahrein, jahraus bis die Urgroßmutter starb. Eine wohlhabende Frau war das. Nur damit Miriam wisse, aus was für einer Famlie sie stamme, erzählte sie ihr das. Sie zog sie auf die Schaukel neben sich und streichelte ihre Hand. Miriams Urgroßvater war Bürgermeister der Heimatstadt ihrer Mutter gewesen, bekannt in der ganzen Umgebung von Kattowitz. Sie wohnten in einem großen Haus, nein, in einem glänzenden Palast. Sie würde so gern Miriams Mutter wiedersehen. Das letztemal waren sie in Deutschland zusammengewesen, vor Miriams Geburt noch, vor zwei Jahrzehnten. Sie, Poltscha, hatte in Deutschland nach der Befreiung einen zwanzig Jahre älteren Mann geheiratet. Sie nannte ihn den alten Kessel. Das Leben in Amerika war schwer und bitter gewesen. Heute noch putzte sie selbst die Fenster in ihrem Altersheim auf dem Pico Boulevard und sie selbst sorgte in der Küche für die Verpflegung der Alten. Sie war an harte Arbeit gewöhnt. Vor dem Krieg stand sie in Polen knöcheltief im Blut eines Schlachthofs.

Miriams Mutter schickte sie jedes Jahr an Rosch Haschana eine Neujahrskarte.

Sie hatte einen Sohn in Miriams Alter. Er würde Steuerberater werden. Zärtlich blickte sie Miriam an und strich ihr über die Wangen.

Sie sorgte für die Alten, weil ihr das Kostbarste auf der Welt, der größte Schatz, den es gibt, ihre geliebten Eltern, entrissen worden war. Nicht einmal ein Grab gab es, an dem sie sich ausweinen konnte. Ihre schöne Mutter, den Heringschwanz hatte sie immer heimlich gelutscht, gesegnet soll sie sein, wurde vergast. Und das unschuldige Schäflein, ihre kleine Schwester, auch. Wie konnten Miriams Eltern in Deutschland bleiben? Um vollkommen ehrlich zu sein, nur eine Sache liebte sie in Deutschland, das Kölnisch Wasser. Ob Miriam es kannte? 4711. Das war ihr Lieblingsduft. Vielleicht würde Miriams Mutter ihr eine Flasche schicken?

Wie konnten Mutter und Vater in Deutschland bleiben? Einen kleinen Kristallhandel hätten sie in Amerika eröffnen können, ein kleines Geschäft, alles besser, als in Deutschland bei den wilden Bestien zu leben.

Tante Dolly hatte Käsekuchen mit Rosinen gebacken. Sie gab Poltscha eine Portion mit nach Hause. Ein Stück legte sie für George beiseite.

Als Onkel Philip am Abend von der Arbeit nach Hause kam, fragte Miriam ihn nach der fürstlichen Familie in Polen aus. Und er rümpfte die Nase, verzog die dicken Lippen und brummte verächtlich: »Was für eine fürstliche Familie?« Und dann, kaum hörbar: »Eine Scheißfamilie!« Er lachte geringschätzig. »Alles futsch, weg. Was solls?«. Er knurrte in seinen Hemdkragen.

»Und weshalb hängen die Großmutter und der Vater über dem Bett im Schlafzimmer?«, fragte Miriam verwundert. Ein Bild von der Mutter gab es nicht.

Der Onkel zuckte die Schultern. »Was stört es mich, wenn sie dort hängen? Man muss Respekt haben für die Toten.«

Schürzen und Krawatten

Immer wenn George sie abholen kam, wurde der große Sammy so eifersüchtig, dass er sich in seinem Zimmer einschloss. Die hebräischen Namen des Allmächtigen schallten durch die Wände bis in den Garten hinaus. Tante Dolly erklärte ihr, dass der vierzehnjährige Sohn seit seiner Bar Mitzwa ein Mann sei und männliche Gefühle habe, »du weißt schon was ich meine«, sagte sie bedeutungsvoll, und dass er sie, die Schabbes-Schikse, liebte. Hätte sie es geahnt, hätte sie Miriam nicht eingeladen. Nun musste ihr Sohn leiden. Er hatte noch nie so viel geweint. Sie rang verzweifelt die Hände.

Der Onkel sagte, im Herbst würde man den Sohn auf eine strenge Jeschiwa in Baltimore schicken. Und bis dahin würde der Onkel ihm seine schandhafte Liebe für die Kusine mit dem Hosengürtel auf das Hinterteil austreiben.

Onkel Philip fuhr sie zu den CBS-Fernsehstudios auf dem Beverly Boulevard zu einer Aufzeichnung der Danny-Kaye-Show. Seit ihrer Kindheit hatte sie den berühmten Komiker geliebt und bewundert. Eine Stunde lang stand sie erwartungsvoll Schlange in der prallen Sonne. Im Studio war es dann eiskalt. Danny Kaye trug Make-up und schwitzte unter den grellen Lichtern. Nach der Show stand er mit einem Handtuch um den Hals in der Mitte der Bühne und fragte ob jemand aus Europa im Publikum sei. In der ersten Zuschauerreihe hob sie zaghaft die rechte Hand wie in der Schule. »Aus Germany«, verkündete sie mutig. Und schon prasselte eine Flut von deutschen Lauten auf sie nieder. Schweinebraten und Schmetterlinge flogen ihr entgegen. Vollkommen sinnlos war das, was er herunterleierte, aber aus seinem Mund klang es wie Hochdeutsch. Dann, als das Studio leer war und sie immer noch in der ersten Reihe saß, bot er ihr an, sie nach Hause zu fahren, und er lächelte sein liebenswürdiges Lächeln und nahm sie bei der Hand, führte sie einen endlosen Gang entlang an den Umkleideräumen vorbei und zum hinteren Ausgang, wo die Limousine wartete. Danny sah aus wie in seinen Filmen. Auf den kühlen Lederpolstern der Limousine schenkte er ihr Champagner ein, legte den Arm um ihre Schultern und sie schmiegte sich an ihn. Er hielt ihre Hand zärtlich in der seinen, und sie glitten dahin, Körper an Körper, voll versteckter Leidenschaft, und hielten schließlich in der Formosa Avenue an. Sie stand vor Onkel Philips Haus und der Traum war aus. In der Einfahrt statt Danny Kayes glänzender Limousine, Onkel Philips grüner Chevrolet, und sie war erhitzt vom langen Fußweg.

Onkel Philip platzte vor Stolz, weil er sein Deutsch nicht vergessen hatte. Er übte es, wenn es ihm gerade einfiel, und stets suchte er Miriams Anerkennung. Riss ihm die Geduld, brüllte er die Söhne an: »Verschwinde, aber sofort!« Und: »Mach, dass du wegkommst!« Und: »Raus!«.

Zu Miriam sprach er wie ein Diener in einer Operette. »Was wünschen gnädiges Fräulein?«, fragte er. Und: »Darf ich Ihnen behilflich sein?« Und am Abend auf der Veranda, im Schlafanzug mit den kurzen Hosen und dem Vogelmuster, ein Glas Orangensaft mit Wodka in der Hand: »Ich wünsche Ihnen eine angenehme Ruhe.« Es war kein jiddisch angehauchtes Deutsch, das er sprach, sondern ein betontes, wenn auch begrenztes Hochdeutsch. Nicht einmal mit den Umlauten hatte er Schwierigkeiten. Wenn er besonders gut gelaunt war, sang er: »Heut ist der schönste Tag in meinem Leben.« Die Tante hielt sich die Ohren zu. Sie vertrug die deutschen Laute gar nicht.

Onkel Philip nahm sich einen ganzen Tag frei von seinem Geschäft in der Stadt und fuhr die Söhne und Miriam mit einem Finger am Lenkrad nach Disneyland. Auf dem Parkplatz hätte man eine Stadt errichten können. Offene Wägelchen auf dicken Gummirädern brachten die Besucher zum Eingang. Dort winkte eine große Micky Maus mit weißen Handschuhen. Onkel Philip sagte, »pass auf, ich stell mich in keiner Schlange an«, und schlüpfte wie eine Katze unter den Seilen, welche die Besucher in Reihen einteilten, hindurch und holte die Eintrittskarten ab. Vor den Piraten der Karibik und vor der Berg-und-Talbahn aufs Matterhorn warteten sie nicht. Auch nicht vor dem Goldrausch-Züglein und den wirbelnden Teetassen. Sie schlängelten sich alle vier unter Ketten und Seilen hindurch. Sollen die anderen warten, meinte er, Philip Birnbaums Zeit ist kostbar.

Disneyland gefiel ihr nicht so gut wie das Oktoberfest ihrer Heimatstadt mit den ehrlich Besoffenen. Hier war ihr alles zu künstlich, zu sauber und zu grell. Die gezwungene Heiterkeit bedrückte sie. Und dann betasteten auch noch die frommen Söhne ihren Busen in der Geisterbahn. Im Auto auf der Rückfahrt meinte Onkel Philip, das ganze Disneyland sei nichts und wieder nichts, aber man müsse es einmal gesehen haben. Und, überhaupt, was sei Amerika schon im Vergleich zu Europa! Paris, Budapest, London, Wien, das seien Städte! Dennoch, »für Juden ist Amerika das Paradies und du kannst froh sein, dass dich Tante Ada aus der Provinz rausgeholt hat, aus dem deutschen Kuhstall.«

»Poltscha Kessel hat angerufen«, sagte Tante Dolly beim Abendessen, nachdem sie aus Disneyland zurückgekehrt waren. Ihr Sohn wäre ein passender Mann, ein Heiratskandidat für Miriam.

Der große Sammy fuchtelte mit der Gabel und brüllte: »Nein!«

Onkel Philip warf ein, dass der Kesselsohn nur ein Ohr habe.

Tante Dolly regte sich auf: »Was redest du? Er hat zwei Ohren.«

»Eins ist verstümmelt.« Onkel Philip drehte seinen oberen Ohrlappen zu einem Röllchen wie eine Zigarette.

Tante Dolly schüttelte den Kopf: »Es ist ein halbes Ohr«. Sie empörte sich erst leise und unterdrückt, ihr Mann übertreibe, und Miriam solle nicht auf ihn hören. Dann kreischte sie plötzlich: »Er wird doch operiert, ein Spezialist, in Boston, was redest du?«

»Gut«, gab der Onkel nach, »auch wenn er mal zwei Ohren haben wird, wird sie ihn nicht nehmen.«

»Warum, warum?«, fragte die Tante.

»Weil er fromm ist. Darum.«

»Sie kann doch fromm werden«, meinte die Tante.

»Sie will nicht fromm werden«, betonte der Onkel.

»Ich will einen älteren Mann«, sagte Miriam zur Tante.

»Ich habe einen älteren Mann«, entgegnete die Tante, »schau ihn dir an, es ist nicht so einfach.«

Onkel Philip zeigte ihr sein Warenlager und Büro in der heißen Stadt. Wuchtig, der Sonne ausgeliefert, standen die City Hall, das Gericht, das Polizeipräsidium. Ringsherum um das stickige Betontal von downtown ragten die Brückenpfeiler der Schnellstraßen, der Freeways. Die riesigen Parkplätze waren voll, der Gehsteig war leer bis auf betrunkene Neger in zerfetzten Hosen. Vor dem Gericht warteten mexikanische Würstchenverkäufer mit ihren Wägelchen unter Schirmen. Onkel Philips Unternehmen lag im Parterre eines zweistöckigen Gebäudes mit grauen, vergitterten Fenstern, nicht weit von der Santa-Fé-Eisenbahnlinie. CALIFORNIA PHILIP stand auf einem gelblichen Streifen neben der rostigen Türklingel. Im ersten Raum, dem Büro, lagen auf dem Schreibtisch neben dem Telefon allerhand Papierfetzen und aufgerissene Briefumschläge. Onkel Philip zeigte ihr einen Auftrag für zweihundert Schürzen und Krawatten seiner neuesten Kundschaft, des Caesar's Palace in Las Vegas. »Stell dir so etwas vor, meine Liebe!«

Die Köpfe mit den Bärten an der Wand des Büros waren weise und einflussreiche Rabbiner, erklärte er. »Ich gebe ihnen Geld und sie beten für mich«, sagte der Onkel. Am Ende des Lagerraums war eine enge Kabine mit einer niedrigen Toilette, wie im Kindergarten, und ein zerkratztes, winziges Waschbecken. Von der Glühbirne an der Decke hing eine Schnur herab. Der vergitterte Hinterausgang führte in eine schmale Gasse mit Aschentonnen, von wo aus man zwischen den gegenüberliegenden Gebäuden hindurch auf leeres Gelände mit Schienen und rostroten Frachtwaggons blickte.

Schürzen und Krawatten

Im Vorratsraum schnitt ein brauner Mann mit goldenen Vorderzähnen Klebstreifen von einer Rolle und klebte Schildchen auf Pappkartonschachteln voll Schürzen und Krawatten für die Kartenverteiler des Tropicana- und des Stardust-Hotels in Las Vegas. Die Ware kam von einer Schneiderei in Montebello. Der Onkel sagte, sein Mitarbeiter sei seine rechte Hand. Señor Philip hieß der Onkel hier in seinem Lagerraum. Zu seinem Angestellten sprach er mit enormen Gebärden spanisch-englisch-jiddisch. Er reckte sich auf Zehenspitzen und schlug dem größeren Mann auf die Schulter: »Ja, so etwas wie Johnny findet man nicht noch einmal«, verkündete er. »Ja, ja.« Johnny blitzte Gold. Onkel Philip reichte Johnny eine braune Tüte und sagte: »Pastel de kesso fin mein wife.« (Käsekuchen von meiner Frau).

ZÜGE IN DER KÜCHE

Er hat mir und der Ada und der Fela noch in Deutschland die Hochzeiten gemacht. Das muss ich ihm lassen. In der Hinsicht war er ein guter Bruder, da kann man nichts sagen.

Danach? Danach ist er weg.

Gleich nach Kalifornien.

Weil die Yenti hat einen Onkel dort gehabt.

Von wegen fromm. Fromm war er? Da muss ich direkt lachen.

Heute? Heute ist er fromm.

Wieso? Weil Yentis Onkel fromm war.

Yentis Onkel hat ihnen doch die Einwanderung ermöglicht. Er hat ihnen geholfen, mit bisschen Geld, mit Verbindungen, mit was weiß ich.

Er ist doch schon zu Hause nicht fromm gewesen. Warum, glaubst du, hat ihn mein gottseliger Vater rausgeschmissen?

Vierzehn Jahre war er alt damals, da hat ihn mein gottseliger Vater vom Haus rausgeschmissen.

Meine Mutter war schon tot und die Stiefmutter hat er nicht leiden können.

Er ist weg von zu Hause.

Er hat woanders gewohnt.

Ich weiß nicht mehr. Ich weiß nur, dass ich ihm Essen dorthin gebracht habe.

Ich weiß nicht. Er ist verschwunden.

Später hat man ihn in Lemberg gesehen.

Da war er schon ein erwachsener Mann.

Man hat ihn beim Tanzen gesehen.

Beim Tanzen. Der gottselige Vater hat ihn enterbt.

Er war nicht im Kazett.

Weil er nicht war. Er war immer schlau.

Schule? Was für Schule? Er ist doch nur bis zur vierten Klasse in die Schule gegangen. Sitzengeblieben ist er auch.

Er hat kein Interesse zum Lernen gehabt.

Natürlich geht es ihm gut. Es geht ihm sogar blendend. In Amerika kannst du ohne Schulbildung auch ein Bisness haben. Das ganze Land Amerika ist ein Bisness. Man stellt Leute an, fertig.

Unterschrieben hat er neben dem Kreuzl.

Jetzt kennt er sich schon aus. Am Anfang hat er nur das Kreuzl gesucht, zum unterschreiben, so, verstehst du? Alles was er heute kann, hat er sich selber beigebracht.

Ohne Sprache, ohne alles. Er hat mit nichts angefangen.

Ja, Yentis Onkel hat ihm geholfen. Drum ist er religiös geworden. Sonst hätte Yentis Onkel nichts für ihn getan.

Ein alter Mann, er lebt schon nicht mehr.

Doch. Onkel Philip lebt fromm.

Na gut. Das weiß doch kein Mensch. Das war hier. Wer in Kalifornien kennt schon das Restaurant Humplmayer?

Deutsche Lieder

In den Tagen vor ihrer Abreise kamen Landsleute vorbei, um die Nichte noch kennenzulernen oder sich von der Nichte zu verabschieden. Einer von ihnen klingelte nicht und klopfte nicht an, er zog die angelehnte, quietschende Netztüre auf, schlenderte gemächlich in die Küche und rief näselnd: »Ich bin hier, ist jemand daheim? Was gibts Neues?« Er war ein hagerer Mann mit blinzelndem Blick und spärlichem Haar unter dem schwarzen Käppchen, er grinste von Ohr zu Ohr wie ein Frosch und behauptete, sie sei ihrer Mutter wie aus dem Gesicht geschnitten. Er sagte, er stamme aus der Stadt ihres Vaters. Onkel Philip erklärte, er sei Kantor. Er nannte sie Mirele und fragte etliche Male, wie es ihrer schönen Mama ginge. Er hätte sie auch geliebt nach dem Krieg in Deutschland, alle hätten sie geliebt, sie sei die Schönste gewesen, die schöne Chawa. Er hieß Jankel Fischbein. Hatte ihr die Mutter nicht von ihm erzählt? Wie schade. Er würde gleich zurückkommen, er wolle seine Sally abholen. Als er wiederkam, antwortete Onkel Philip auf das »Was gibts Neues?« in seiner übertriebenen hochdeutschen Aussprache, jede Silbe betonend, sehr laut: »Was soll es Neues geben? Du warst doch gerade da!«

Sally trug weiße Shorts, eine karierte Bluse ohne Ärmel, über dem Bauchnabel geknotet, und rote Sandalen. Jankel nannte sie »meine Sally«, und sie rief ihn »mein Jankele«. Sie war eine sommersprossige, pausbäckige Amerikanerin mit Lachfalten um die Augen. Sie kam aus St. Louis in Missouri, und sie verstand nur ein paar Sätze Jiddisch und kaum ein Wort Polnisch. Zwischen den Frommen sah sie aus wie die Ausschneidepuppen aus Miriams Kindheit, als sei sie direkt von der Seite eines amerikanischen Versandhauskataloges in die kalifornische Küche hineingehüpft. Er sei so ein lustiger Junge gewesen, sagte sie, ihr Jankele.

Ja, erzählte Onkel Philip später, der Jankele hätte sich eine blutjunge, gesunde Amerikanerin genommen. Beneidete Onkel Philip den Kantor um seine verliebte, frische, unbeschädigte jüdische Amerikanerin? Sie sei so fromm gewesen wie er chinesisch, als er sie kennenlernte, sagte der Onkel, aber Jankele hätte Geduld und vier Kinder von ihr.

Jankele kannte Georges Großmutter. Sie betete in der zwölften Reihe seiner Synagoge auf dem Beverly Boulevard und sprach jiddisch. »Eine von unseren«, so drückte er sich aus. Er nannte sie eine würdevolle, alte Dame.

Jankele war die Ruhe selbst, ein ausgeglichener Mensch. Seine Stimme war Musik. Gewiss erwachte er am Morgen mit einem Lächeln auf den Lippen. Er wünschte Miriam Glück, Gesundheit und einen guten Ehemann. Er wolle auf ihrer Hochzeit singen, sagte er, als er sich verabschiedete. Und deutsche Lieder seien auch schön, fand er, trotz allem. Im Konzentrationslager hatte er sie gehört. Eines hatte ihm besonders gut gefallen. Und als er mit seiner Sally wegging, trällerte er bei den Paradiesvögeln unter dem Küchenfenster: »Ein Vogel wollte Hochzeit machen in dem grünen Wahalde, fi di ra la la, fi di ra la la, fi di ra la la la la«. Jankele hatte nicht gefragt, warum ihre Eltern in Deutschland geblieben waren.

Ein Mann von Welt

George war Jahrgang 1938. Als sie noch in den Windeln lag, sah er schon fern in New York. Während ihre Mutter und ihr Vater Gefangene in Konzentrationslagern gewesen waren, hatten seine Mutter und sein Vater Toastbrot in Amerika gegessen und waren jeden Sonntag mit der Untergrundbahn nach Manhattan zum Broadway in eine Matineevorstellung gefahren. Wie war so etwas möglich?

George war ein erfahrener Mann. Er führte ältere Frauen in Jazzkonzerte und Nachtklubs. Er hatte glänzende Schwarzweißfotos nackter Frauen, las den PLAYBOY, wegen der intelligenten Artikel und Essays, behauptete er, und er sammelte die »Playmates of the Month«, die nackten Schönen der Faltseiten in der Mitte des PLAYBOYs. Er fuhr mit dem Auto kreuz und quer durch die kalifornische Riesenstadt, und er kannte sich überall aus. Er machte Ausflüge mit den Boys über die mexikanische Grenze nach Tijuana und schaute sich dort für ein paar Pesos blutige Hahnenkämpfe und Vorstellungen mit kopulierenden Hunden oder auch Menschen an.

Zwei Abende vor ihrer Rückkehr nach Montreal tanzten sie im eiskalten obersten Stockwerk des Beverly-Hillcrest-Hotels. Er bestellte ihr einen Brandy Alexander ohne Brandy.

George trank Jack Daniels mit Eis. Er war Amerikaner und Patriot. Er war mit der Mayflower in Plymouth gelandet, er hatte von den Indianern Land für bunte Kügelchen eingetauscht. Im Unabhängigkeitskrieg hatte er gekämpft und im Bürgerkrieg hatte er mit den berühmten Generälen die Landkarten studiert. Alaska hatte er den Russen spottbillig abgekauft. Überall war er dabei gewesen, denn er sprach nicht lediglich von Amerika und den Großen ihrer Geschichte, sondern er sagte »wir«. Er gehörte zu diesem Land.

Sie ärgerte sich darüber. Ein starkes Nationalgefühl befremdete sie. Aber sie beneidete ihn auch. Er durfte sein Land lieben. Über Amerikas Erfolge im Zweiten Weltkrieg brüstete er sich, als hätte er persönlich Hamburg und Dresden bombardiert. Sie war Deutschland und er war Amerika. »Ihr« und »Wir«. Rechtsanwalt war er geworden, weil er lieber ein Buch in der Hand hielt als ein Gewehr. Vor dem Vietnamkrieg hatte er im City College Flugzeuge und Fuhrwerke gezeichnet, und die juristische Laufbahn hatte er gewählt, weil er einen Brief von »Onkel Sam« bekommen hatte. Das hielt ihn jedoch nicht davon ab, über Vietnam zu plaudern, als ob er mit einer Truppe im asiatischen Sumpf braune Menschen erschossen hätte. Mit einem überheblichen Lächeln verglich er das mächtige Amerika und seine Kriegsflotte mit den winzigen Ländern Europas, die sich um ein paar Kilometer lange Grenzen stritten. »Aber Deutschland haben wir endgültig gezeigt, wer hier der Stärkere ist.«

Am letzten Abend in Kalifornien blieb Miriam bei Onkel und Tante. Sie sahen sich Filme an der Salonwand an. Onkel Philip hatte außer Familienfeiern, schaukelnden Ruderbooten auf den Wellen der Adria und den Budapester Brücken heimlich eine elegante Großmutter aufgenommen, wie sie nebenan auf der Terrasse ihres Hauses ihre morgendlichen Kniebeugen und Spagate machte. Während die alte Dame an der beleuchteten Wand turnte, dachte Miriam an George, und dass es Samstagabend war und sie zu Hause saß mit Onkel und Tante, und George wohl im Bett neben der Frau mit den melonenförmigen Brüsten lag, die schon lange keine Jungfrau mehr war.

Am folgenden Tag, im Morgengrauen am Flughafen, erschien ein übernächtiger George mit schwarzer Brille, zog sie fort von Onkel Philip, hinter die Waschräume bei den Münztelefonen, sein Atem roch scharf nach Pfefferminz, und er blickte sie ganz traurig an und küsste sie lange Good-Bye.

Schmalzhering

In Montreal waren im Herbst 1966 die Vorbereitungen für die Weltausstellung auf der Île Sainte-Helène in vollem Schwung. Noch sah die Insel aus wie eine Baustelle. Die Angestellten der Sun Life Versicherung wurden zu einer von Führern geleiteten Besichtigungsfahrt über das Gelände eingeladen. Sie kaufte einen Eintrittsausweis für die Expo 67 zu ermäßigtem Preis. Nun waren endlich auch die ersten Strecken der Untergrundbahn fertig. Noch nie hatte sie so schöne Züge gesehen. Sie fuhren fast lautlos von Park Extension bis unter die Eingangshalle der Sun Life Versicherung. Wie ein Maulwurf lebte sie. Nur am Morgen, wenn sie die Lubinsky-Wohnung verließ, dann auf dem kurzen Fußweg von der U-Bahn nach Hause, und manchmal am Wochenende, wenn sie alleine spazieren ging, schnappte sie frische Luft.

Die Montrealer hatten ihre Untergrundbahn nach dem Beispiel der in München entstehenden gebaut, sogar die Farben, blau und weiß, ähnelten den Münchner weißblauen. Stolz auf die deutsche Ingenieurkunst durfte sie vor den Verwandten nicht zeigen, denn wie organisiert die Deutschen waren, das hatte man bereits am eigenen Leibe erlebt.

Die amerikanische Tante Faye und ihr Mann, Onkel Jakob, trafen vor den Hohen Feiertagen zu einem Besuch aus

New York in Montreal ein. Auf Beckys Sweet-Sixteen-Party hatte Miriam sie zum erstenmal gesehen, aber weil das Geschäft Onkel Jakob brauchte, waren sie unmittelbar nach der Feier abgereist. Jetzt brauchte Tante Faye Kleider und Onkel Jakob sehnte sich nach Hering. Tante Faye konnte nicht kochen. Tante Ada behauptete, dass Tante Faye müßig herumsäße und wenn sie schon einmal aufstand, dann nur, um sich vor dem Spiegel zu drehen. Die Kusine Frances behauptete, dass Tante Faye geizig sei und ihr keine Kekse gegeben habe, als sie als Kleinkind zu Besuch bei ihr war, und deshalb mochte sie sie nicht leiden.

Tante Ada machte Schmalzhering und Gurken ein. Sie kochte süße und saure chinesische Hühnerflügel, Sülze, Suppe und eine Kalbszunge. Sie rollte Teig aus für den Apfelkuchen. Sie überließ Onkel Jakob und Tante Faye ihr Schlafzimmer und schlief mit Onkel Dudu auf der Bettcouch im Wohnzimmer.

Onkel Jakob war glücklich bei Tante Ada. In der Wohnzimmerecke lehnte er sich wohlig seufzend im Sessel zurück, streckte die Beine aus und verkündete: »Das ist der schönste Urlaub in der Welt. Bei Tante Ada ist es am besten.« Vielleicht liebte er Tante Ada insgeheim. Die starke Tante errötete und lächelte verlegen wie ein junges Mädchen über Onkel Jakobs Komplimente.

Tante Faye trug korallenroten Lippenstift und die zimtbraune Frisur hoch toupiert. Sie schritt bedächtig, immer lächelnd, als führe sie Pariser Modelle auf einer Wohltätigkeitsveranstaltung vor. Bevor sie Platz nahm, neigte sie sich nach vorne wie eine Kimonodame, zupfte mit Zeigefinger und Daumen ihren kurzen Rock höher, und, wenn sie saß, gerade wie eine Kerze, strich sie den Stoff glatt, stellte ein Füßchen neben das andere, hielt die runden Knie mit Grübchen eng aneinandergepresst, blickte gnädig lächelnd im Kreise herum und wollte wissen: »Wie sehe ich aus? Wie gefalle ich euch?« Sie zerrte die von Onkel Dudu geschneiderten Sachen der Nichten aus den Schränken, quetschte die Stücke zwischen Kinn und Brust oder hielt sie mit geneigtem Kopf vor ihren Körper und fragte Onkel Jakob: »Nun, was sagst du dazu?« Sie streichelte Miriams deutsche gefütterte Röcke und Kleider. Onkel Jakob versicherte ihr: »Faye, so lange es dir gefällt, gefällt es mir auch.« Kaum hatte er ihr geantwortet, da fing sie gleich wieder an: »So sag mir doch, Jakob, wie sehe ich aus?« Bei den Nichten beklagte sie sich, »ach, er sagt nie etwas.« Und während Tante Ada in der Küche spöttisch grinsend mit einem Hackmesser Zwiebeln kleinschlug, stand Tante Faye in Büstenhalter und halbem Unterrock vor Onkel Dudu und seiner Nähmaschine.

Für Onkel Dudu waren diese Hohen Feiertage voller Arbeit. Früh am Morgen schnitt er bereits den Stoff für ein neues Kostüm zu. Später zog er seinen dunklen Anzug an, den einzig guten, den er besaß, überquerte die breite Straße vor dem griechischen Delikatessenladen und begab sich in eine schmale Seitengasse, wo er mit ein paar Männern vor der Betstube herumstand, und wo sich alle ein gutes neues Jahr und ein gesundes Leben wünschten. Und einen guten Lebensverdienst wünschten sie sich. Und gute Kinder. Und Glück. Und sie hofften, sich auf Hochzeiten wiederzusehen. Nur auf Hochzeiten. Mazel Tov. Nach dem letzten Schall des Schofars kehrte er mit nassen Augen zurück nach Hause, schneuzte krachend in sein riesengroßes Taschentuch, hängte seinen Anzug in den Schrank und begab sich zu den Stoffballen in seinem Arbeitszimmer. Wenn die Nähmaschine nicht surrte, kniete er mit Maßband um den Hals auf dem Boden zu Füßen von Tante Faye. Onkel Jakob jedoch, der weder einem Gebet zuhörte noch vor einer Betstube stehen wollte, erquickte sich an Tante Adas Küchentisch an Schmalzhering, Sülze und Manischewitz-Crackers.

Onkel Jakob besaß eine wohltönende Stimme. Jede Bemerkung beschloss er mit »Nun, was kann ich machen?«, oder mit »Ja, also, was soll man tun?« Ein resignierter alter Mann war er und sah doch aus wie ein junger Filmschauspieler. Er sagte kein böses Wort. Dass er etwas Unerfreuliches über einen Menschen zu äußern imstande wäre, konnte sich Miriam beim besten Willen nicht vorstellen. Er war ein ernster Mensch. Nur wenn er einen Schnaps trank, brachte er ein Schmunzeln zustande. Und trank er noch einen und noch einen, dann wurde er fröhlich. Wenn er lachte, freute sich Miriam. Onkel Jakob hatte ein B und blaue Ziffern auf einem Arm. Miriam stellte es fest, als sie beim Abendessen neben ihm am Tisch saß und erschrak. Weil die Nummern einem Onkel gehörten? Und nicht einem entfernten Verwandten, einem Bekannten oder Unbekannten? Dem Onkel? Er hatte keine behaarten Arme. Eine glatte Haut. Die Nummer schrie sie an. Wo er gewesen war, das wusste sie ja. Die beiden Männer, die ihre Tanten geheiratet hatten, waren irgendwo geboren. Sie aber wusste nur, aus welchen Lagern sie stammten. Der eine kam aus diesem Lager, der andere aus jenem. Der Lagername war der Personalausweis. Onkel Jakob aus Auschwitz. Er sagte nur, dass er von dort mit einem Paar Holzschuhe herausgestolpert war, und jetzt hatte er ein Schuhgeschäft auf dem Broadway in New York. Nach dem

Krieg hatte er eine Zeitlang mit Schuhen in Straubing gehandelt. Nach Deutschland könnte er nie wieder zurück. Er tat sehr geheimnisvoll und sie stellte sich vor, dass er dort vielleicht einen Mord begangen hatte. Beim Abschied lud er sie zu den Weihnachtsfeiertagen nach New York ein. Dort könne sie sich nach Herzenslust Schuhe in seinem Geschäft aussuchen.

Von Busen und Bildung

Der jüdische Turnverein in Hampstead war nicht exklusiv. Warum dieser Klub wortwörtlich Verein Junger Hebräischer Männer hieß, wollte ihr nicht in den Sinn. Die Benutzung des Schwimmbeckens war schließlich auch dem weiblichen Geschlecht gestattet, und die Mitglieder des Vereins waren nicht Hebräer, sondern gebürtige Kanadier und aus Europa eingewanderte Juden. Man nannte den Verein den »Y«, und dieses Ypsilon war wohl die treffende Bezeichnung, denn es war die Abkürzung für »Young«. Junge Burschen in Badehosen im Schwimmbecken. Sie waren in Miriams Alter. An Sonntagnachmittagen fuhr sie in der Eiseskälte mit dem Badeanzug in der Tasche im Bus nach Hampstead, um dort im Wasser des »Y«s unterzutauchen. Weder im lauwarmen Wasser noch am Rande des Beckens fand sie einen erfahrenen jüdischen Mann. Den Kusinen erzählte sie nichts von ihrer Enttäuschung.

Sie erhielt einen Brief mit einem kleinen schwarzweißen Portrait von George aus Kalifornien. Auf der Rückseite des Fotos stand »Love« in verwischter Tinte.

Sie verliebte sich in den unnahbaren, dünnen Dozenten ihres Abendkurses in Französisch auf dem Sir-George-College. Er schenkte ihr keinen Blick und wusste ihren Namen nicht.

In den Gängen der Hochschule trippelten die geschminkten Studentinnen in Miniröcken und Stöckelschuhen in die Lehrsäle. Vor sich trugen sie Stapel Lehrbücher bis zum Kinn. Sie waren die zukünftigen Lehrerinnen der öffentlichen Schulen. Onkel Dudu war der Meinung, dass junge Frauen Lehrerinnen werden sollten. Eine Stellung im öffentlichen Dienst versprach eine gesicherte Zukunft für den Fall, dass eine Frau sich selbst ernähren müsste. Nebenbei hoffte er doch immerzu auf einen goldenen Schwiegersohn. Die Kusinen wollten nicht Lehrerinnen werden, aber der Vater hatte sie davon überzeugt, dass es beruflich keine andere Möglichkeit für eine Frau gab als die pädagogische Laufbahn. Die Kusinen beneideten Miriam, weil sie schwimmen konnte und weil sie bereits Geld verdiente. Sie beneidete die Kusinen, weil sie lernen durften. Sie beneidete die Studentinnen. Auch sie wollte mit aufgestapelten Büchern in den Händen durch die Gänge einer Hochschule trippeln.

Doch mittlerweile hatte sie sich an ihre Arbeitsstätte gewöhnt. Sie war nicht mehr so einsam. Sie hatte Freundinnen, die sich zwar nicht so sehr nach Miriams Leben erkundigten, als dass sie sie an ihrem teilhaben ließen.

Eine war die zierliche, käsebleiche Candy. Ihr blondes Haar ging ihr bis zur Hüfte. Sie war mit einem schönen Italiener verheiratet, der nachts auf ihrem Haar lag, so dass sie sich nicht bewegen konnte. Candy war schwanger. Sie sagte, sie würde vielleicht ein schwarzes Kind bekommen wegen ihrer geliebten schwarzen Großmutter, die, bevor sie nach Kanada immigrierte, in Jamaica von einem rothaarigen Schotten vergewaltigt worden war. Sie freute sich. Ob das Kindchen schwarz oder weiß sein würde, war ihr vollkommen gleichgültig. Miriam und Candy suchten Strampelhosen aus und kauften Bilderbücher für das Kind.

Linda mit den grünen Augen arbeitete in der Buchführungsabteilung und schlief mit ihren Vorgesetzten. Sie würde nur einen Juden heiraten, schwor sie Miriam, ihren sephardischen, marokkanischen Eltern zuliebe, aber bis ihr der passende Jude über den Weg lief, wollte sie Erfahrungen sammeln. Drei Monate lang war sie alleine in Spanien für ein paar Dollar pro Tag herumgereist. Sie sagte, die Spanier hätten ihr gezeigt, was Liebe ist. Miriam bewunderte sie.

Die blonde Lola mit den blauen Lidschatten, weißen Lippen und glänzenden Strümpfen hatte eine Liste von jüdischen und christlichen Junggesellen auf ihrem Schreibtisch liegen. Die Juden waren fettgedruckt. Sie thronte mit gekreuzten Beinen auf ihrem Drehstuhl in der Kabine aus Glas hinter der Stenotypistinnenhalle. Wenn sie nicht gerade das Telexgerät bediente, organisierte sie per Telefon doppelte und blinde Verabredungen für die ledigen Frauen an den Schreibmaschinen. Man nannte sie die Ehevermittlerin. Miriam bewunderte auch sie.

Miriam und ihre Freundinnen tippten, addierten, schnipselten, klebten und stenografierten und schwärmten für Charles Aznavour, Miniröcke und ausgeschnittene Pullover. Nach Büroschluss gingen sie ab und zu in Liebesfilme und chinesisch essen. Ihre Kolleginnen nannten Miriam »the sexy German«. Vielleicht kam es daher, dass sie kurze, knallenge Röcke und gerippte Pullis trug. Als Frau fühlte sie sich durch die Männerblicke auf ihren Busen bestätigt. Das reichte ihr zwar nicht, dennoch war sie nicht unzufrieden damit und nützte es aus, indem sie stolzierte als trüge sie ein Tablett.

Bei Tante und Onkel fühlte sie sich minderwertig. Trotz der deutschen Schulbildung, die, obwohl keine Gymnasialbildung, doch immerhin mindestens so gut wie eine amerikanische oder kanadische Highschoolbildung war, und obwohl sie William Shakespeare in England studiert hatte, war Miriam in den Augen der kanadischen Verwandten nur Sekretärin. Tante und Onkel sorgten sich, dass sie keinen Mann finden würde, weil ihr eine gründliche Universitätsbildung fehlte. Auf dem jüdischen Heiratsmarkt war sie nicht so viel wert wie jene, die ein Studium abgeschlossen hatten. Die Kusine Frances, obwohl derselben Meinung wie ihre Eltern, meinte, Miriams Busen würde schon noch einen Mann herbeischaffen. Bis dahin würde sie manchmal an hundekalten Sonntagnachmittagen mit Tante, Onkel und Kusinen in ein Deli gehen, wo es warm und so voller Menschen war, dass der Lärm eine Predigt des Onkels über das Wesentliche im Leben unmöglich machte. Die Kellnerinnen waren flinke, faltige Frauen, die sich mit gezücktem Bleistift und Notizblock schweigend vor den Tisch hinstellten. Für den Onkel wählte die älteste Kusine stets heiße Suppe. Tante und Töchter freuten sich auf die Pastrami-Sandwiches. Ein zehn Zentimenter dicker Haufen saftige Rindfleischscheiben zwischen zwei senfbeschmierten Broten mit einer handlangen Gurke auf einem weißen Teller. Den Mund öffnete Miriam weiter als beim Zahnarzt. Es schmeckte ebenso gut wie der bayerische Leberkäs ihrer Kindheit.

Ihr Gehalt hatte sich fast verdoppelt. Zwei Tage vor Weihnachten holte sie ihr New Yorker Cousin vom Flughafen in Queens ab. Sie kannten einander nur von Kinderfotografien. Er war ein Jahr jünger, kaum größer als sie und er hieß Dan, einfach Dan. Gleich im Bus nach Hause merkte Miriam, wie leidenschaftlich er an seiner Stadt, New York, hing. Über seine Mutter klagte er nur, und Onkel Jakob, sein Vater, war ihm gleichgültig. Er sagte, sein Vater spräche nicht mit seinen Kindern. Er wusste nicht, wo sein Vater herkam. Er wusste nicht, wie sich sein Vater Anfang der Fünfziger Jahre in New York als Einwanderer durchgeschlagen hatte. Ja, er wusste nicht einmal, dass sein Vater in Auschwitz gewesen war. Über die Nummern auf der Haut hatte er nicht nachgedacht.

Wie war das möglich? Seine Mutter hatte ihm ab und zu ihre Leidensbrocken hingeworfen, aber er konnte sich an keine Leichengeschichten erinnern. Miriam staunte und rang mit sich, ihn aufzuklären.

Dans kleiner Bruder war ein zehnjähriges, strahlendes Kind mit veilchenblauen Augen unter schweren Lidern, Frankie genannt, nur Frankie. Dan warnte Frankie, er solle die Erwachsenen, damit waren er selbst und die deutsche Kusine gemeint, bitte in Ruhe lassen, und schlug ihm die Zimmertüre vor der Nase zu. Er zeigte Miriam seine Fotos von schönen Katzen und von Kindergesichtern überall in New York, und ein vergrößertes Bild, die Trophäe seiner Sammlung, eine selbstgemachte Nahaufnahme von Bobby Kennedy auf einer Parade in Manhattan. Dan freute sich, dass Miriam sein Talent bewunderte und ließ sie nicht so rasch aus dem Zimmer. Frankie heulte im Gang, und Dan und Miriam rauchten Zigaretten. Er erzählte ihr, wie unzufrieden seine Mutter mit ihm sei, und Miriam erzählte ihm von seiner Mutter, bevor sie nach New York kam, von früher, vom Kazett. Er kannte sie überhaupt nicht. Sie war eine Fremde für ihn. Und das Kazett, fand er, sei keine Entschuldigung für ihr schlechtes Verhalten.

An der Ecke Broadway und 102ter Straße war Onkel Jakobs Schuhgeschäft. Onkel Jakob ging jeden Tag zu Fuß zu seinen geliebten Schuhen. Autofahren hatte er nie lernen wollen. Er hatte Angst davor. Er wohnte gegenüber dem Geschäft im zweiten Stock eines Altbaus und musste nur den Broadway überqueren. Die Räume der Wohnung lagen zu beiden Seiten des Korridors. Vom Wohnzimmer, Esszimmer und der Küche blickte man hinunter auf die Straße und das imposante, großgedruckte BROADWAY SCHUHZENTRUM über den Fenstern der Auslage. Tante Fayes Wohnung war nicht hell, kahl und praktisch wie Tante Adas in Montreal. Hier gab es keinen Teppichboden, sondern Parkettböden, persische Teppiche, massige Möbel, Kristallleuchter und verschnörkelte Porzellanfigürchen hinter Glas. Auch hier hingen wieder die Großmutter mit den langen Lippen und der schwarzbärtige Vater an der Wand, jedoch nicht im Schlafzimmer, sondern im Korridor. Trotz der hohen Fenster waren die Räume trüb. Tante Faye war nicht glück-

der Untergrundbahn und die Menschenmassen erwärmten die Straßen. Hier tat sich was. Hier war etwas los. New York war der Puls der Welt, und sie war hier.

Am Tag vor dem Heiligen Abend half sie Onkel Jakob im Schuhgeschäft. Es schneite, und die Leute aus Jamaica und Puerto Rico kauften Stiefel. Es gab keine Schuhe über Neundollarneunundneunzig. Der Durchschnittspreis für das importierte Schuhwerk war Vierneunundneunzig. Onkel Jakob hatte sich massenhaft mit vier Sorten Stiefel in allen Größen eingedeckt. Er maß schweigend die Kundenfüße und brachte ihnen seine Auswahl in ihrer Größe, denn er verstand sowieso nicht, was sie wollten. Er verkaufte ihnen was sie brauchten, und er schob das Geld in die Kasse. Ab und zu trank er einen Schluck Whisky zwischen den Schuhschachteln im Lagerraum und drückte Zigarettenstummel im überfüllten Aschenbecher auf der Theke aus. »In Deutschland hab ich gleich nach dem Krieg mit Tierhäuten in der Wohnung angefangen. Und schau mich jetzt an!«, sagte er zu Miriam. Er hing an seinem preiswerten Schuhinventar und pries die praktischen Plastiktaschen mit Druckknöpfen und dünnen Henkeln, die als Sonderangebot an einem Ständer neben dem Eingang hingen. Er tat, als wäre sein Laden am Broadway ein exklusives Geschäft in Mailand oder Florenz.

Onkel Jakob glaubte nicht an Gott, er glaubte nur an die grünen Dollarscheine und die schüttete er nach Geschäftsschluss in der Heiligen Nacht aus einer braunen Einkaufstüte auf das Wohnzimmerparkett wie Konfetti. In der Schwärze vor den Fenstern fiel der Schnee und im Zimmer schneite es Dollars. Onkels Kinder und die Kusine

lich in ihrer Wohnung. Sie sagte, sie hätte es satt, wenn sie nach Hause käme, über den angetrunkenen Neger, der schnarchend im Hausflur vor der Treppe lag, klettern zu müssen, um zu ihrer Wohnung zu gelangen. Sie träumte von einer Neubauwohnung einige Kilometer südlich mit Aussicht auf den Hudson River. Sie plagte Onkel Jakob mit ihren Umzugsplänen, und er ließ sie reden und sagte nichts oder brummte irgend etwas Unverständliches.

Miriam sollte vier Tage bleiben. Ein Schneesturm war angesagt. Tante und Söhne zeigten ihr hastig alles am ersten Tag. Alles, das war ein Stückchen Central Park, die Eisläufer vor dem glitzernden Christbaum beim Rockefeller Center, der Times Square und eine Vorstellung der Rockettes in der Radio City Music Hall. In Lindy's, einem rosaroten Selbstbedienungsrestaurant in der Siebten Avenue, nicht weit von der Carnegie Hall, konnte man gut und preiswert essen. Tante Fayes zweiter Sohn half seiner Mutter aus dem Mantel, rückte ihr den Stuhl zurecht, brachte ihr eine Papierunterlage, Messer, Gabel, Löffel, Strohhalm, und breitete behutsam eine Serviette auf ihrem Schoß aus. Da lächelte Tante Faye vornehm und fein und sagte stolz: »Siehst du was für ein Kind ich habe!«

Dan murrte: »Arschkriecher«.

Sie liebte die Stadt sofort. New York. Sie hatte die Freiheitsstatue mit schwarzer Tinte in Deutschland im Erdkundeunterricht gezeichnet. Nun stand sie auf einmal inmitten der Wolkenkratzer in Manhattan. Bunte Neonreklamen liefen fortwährend in Rechtecken, Quadraten, Kreisen, Ovalen über die Fassaden der Gebäude. Der Dampf

krochen auf dem Boden herum und sammelten die Papierscheine und zählten sie, und der Onkel rieb sich die Hände und freute sich schon auf das Ostergeschäft.

Tante Faye war immer in Sorge, dass Onkel Jakob ein Unglück zustoßen könnte. Sie schwebte in tausend Ängsten um seine Gesundheit. Oft tat sie nachts kein Auge zu. Als sie ihn kennenlernte, in Deutschland, da war er ein sauberer Mann mit glatten, schwarzen Haaren gewesen. Zum Schlafengehen hatte er sich sogar ein Haarnetz übergestreift. Wegen des Haarnetzes hatte sie sich ja in ihn verliebt. Gerade das Haarnetz war ausschlaggebend gewesen für sie. Nein, geschlafen hatte sie nicht mit ihm. Er hatte ihr von dem Haarnetz nur erzählt. Die ersten Jahre in New York hatte er in einem schlechtbeleuchteten Betrieb Tierfelle zu Pelzkleidung verarbeitet. Die Tante hatte geweint, wenn sie ihren Mann erschöpft von der Arbeit heimkommen sah, ihren hübschen, ihren edlen Jakob. Die Arbeit hatte seine Gesundheit ruiniert, sagte sie, so wie die Zigaretten, die er ständig rauchte. Sie bettelte, er sollte ihr zuliebe mit dem Rauchen aufhören. Sein Rauchen brächte sie ins Grab. Onkel Jakob brummte, ohne Zigaretten hätte er keine Freude am Leben. Miriam fragte Onkel Jakob, warum er seinen Kindern nichts von sich erzählt hatte, und er antwortete, sie hätten ihn nicht danach gefragt.

Dan hatte einen Wellensittich. Er murmelte dem Vogel etwas zu und presste zärtlich die Lippen in seine Federn. Die Tante nannte ihren Sohn ein Vöglein und schimpfte, er würde nie ein Mann werden, solange er mit einem Vogel auf der Schulter aufs Klo ginge. Sie jammerte, dass ihr Sohn ein

Hampelmann sei, rasieren täte er sich auch noch nicht; wie konnte ihr das Unglück geschehen, solch ein missratenes Geschöpf in die Welt zu setzen. Und klein war er auch, viel besser wäre es gewesen, er wäre gar nicht erst geboren worden.

Er hatte ihr nichts Böses getan, ihr Sohn. Aber sie war enttäuscht von ihm. Dan weinte verzweifelt in seinem Zimmer und Miriam tröstete ihn mit Zigaretten und Kazettgeschichten. Das Kazettzeug lehnte er aber ab. Es verringerte nicht sein Leid.

Zum Frühstück dünstete Dan Zwiebelwürfel und schlug Eier in die Pfanne. Er studierte im College, er konnte Autofahren, er grillte Steaks, er fotografierte, und er liebte Popmusik und Radfahren im Central Park. Er sagte, er wolle sich eine Stelle als Koch, Fotograf oder Fahrlehrer suchen und ausziehen. In seinem Zimmer hörten sie Schallplatten, und den kleinen Bruder verscheuchte er mit »Du bist zu jung für uns.« Frankie schüttete morgens Cornflakes in eine Schüssel, schaute fern und ging am Nachmittag mit seiner neuen Armbanduhr ganz allein ins Kino.

Am letzten Tag in New York, als die Sonne endlich schien, fuhr sie mit Dan durch eine blendend schneeweiße Stadt im warmen Bus zum Planetarium. Dort saßen sie im Dunkeln und bewunderten die Sterne. Am Abend lauschten sie seinen Beatles-Langspielplatten und rauchten Winstons, und obwohl sie beide traurig waren, spürten sie dennoch eine unbändige Lebensfreude, die Gewissheit, dass sie gesund waren, die Hoffnung, dass noch Gutes und Schönes auf sie wartete. Und dann flog sie zurück nach Montreal zur Stenotypistinnenhalle in der kanadischen Sun Life Versicherung.

ZÜGE IN DER WÜSTE

»Wie kann man es am besten sagen?«, fing Onkel Jakob dreißig Jahre später in einer gepolsterten Nische des Spa Hotels in Palm Springs an. Er wickelte seine Zähne in eine Serviette und stopfte sie in die Hosentasche. Hör mal zu, er hat nichts zu essen gehabt zwei Jahre lang. Seine Familie, er hat sie nie wieder gesehen. Zu Hause haben sie sie abgeholt. Sie kletterten in den einen Lastwagen und er stieg in den anderen. Er war nur in leichtem Hemd und Hose. Eine Woche lang lebten die Leute vom Lastwagen in einer Kirche. Die Kirche war versiegelt. Sie konnten nicht hinaus. Hör zu, wo sollte man urinieren? Wo den Darm entleeren? Man hat es in der Kirche gemacht. Die Bevölkerung hatte eine Wut danach, dass man die Kirche verunreinigt hat, beschmutzt. Männer, Frauen, Kinder. Der Onkel. Er fror. Er zerbrach sich den Kopf. Hör zu, er stieß seinen Ellbogen durch ein Fensterglas. Rannte nach Hause. Holte sich warme Kleidung. Rannte zurück.

Zurück?

Ja, hör zu, zurück zur Kirche. Nach einer Woche kamen wieder Lastwägen und sie fuhren ins Ghetto von Lodz. Zwei Jahre hat er dort gehungert. Er hat sich einer Siebzehnjährigen angenommen. Sie war allein. Sie hat ihm so leid getan. Und dann brachten sie ihn im Viehwaggon nach Auschwitz, hörst du? Er arbeitete im Außenlager, in einer

Kohlengrube. Einmal hat jemand, irgend jemand, im Regen einen Laib Brot über den Stacheldraht geworfen. Hör zu, er hat es von der nassen Erde aufgehoben und versteckt unter der Häftlingskleidung, eng an den Körper gedrückt und Bröckchen heimlich abgezupft. Aber das haben ein paar Griechen gemerkt. Sie haben ihn verdächtigt, sie haben ihn angestarrt, sie haben geflüstert. Sie wollten sein Brot. Hör zu, er wusste, er war tot, wenn er das Brot behielt. Auf dem Marsch zur Arbeit ließ er es fallen. Später stellte er sich vor die Griechen hin, öffnete die Häftlingsjacke und breitete die Arme aus, so als ob zu zeigen, er hatte nichts, kein Brot, sonst hätten sie ihn umgebracht.

Sie erhielt mit der Post am Valentinstag in einem roten Briefumschlag ein rotes Herz mit roten seidenen Schleifen von George aus Kalifornien. Sein Vater war gestorben, stand auf der Rückseite des Herzens, an einem Herzschlag. Sie tröstete ihn mit einem langen poetischen Brief über Tragik, Hoffnung und Liebe, die Unausweichlichkeit des Todes und alles Mögliche, was sie in ihrem jungen Leben über die menschliche Sterblichkeit und die Bedeutung des Diesseits und Jenseits erfahren hatte.

Ihre Mutter kam zu Besuch nach Kanada. Sie weinte hinter Tantes Wohnzimmervorhang, als sie die Tochter in Schnee und Dunkelheit zur U-Bahn gehen sah.

Miriam erzählte ihr vom Amerikaner George. Sie erzählte ihr, dass er sie köstlich und schmackhaft fände, und dass sie mehr für einen Mann sein wolle, als nur ein Braten.

»Das soll dich nicht stören«, meinte die Mutter. »So schlimm ist es nicht. Hauptsache, er ist jüdisch und er hat einen Beruf.« Die Mutter erzählte ihr von zu Hause. Berichtete ihr, dass die jüdischen Jungfrauen und Jungmänner Deutschland in Scharen verließen und in fremde Länder gingen. Wie würde sie dort einen Mann zum Heiraten finden? In ihrer alten Heimat! Schöne Briefe sollte sie schreiben an den Kavalier in Kalifornien. Und sie folgte dem mütterlichen Rat und schrieb sanfte, süße Briefe an George.

Zum zwanzigsten Geburtstag im April schickte er ihr ein goldenes Herzchen mit einer kleinen Perle in der Mitte. Es lag auf weißer Watte in einem weißen Schächtelchen und es sagte zu ihr: Ich liebe dich.

Der bedrückende Winter war endlich vorbei. In den Parkanlagen vor der Sun Life Versicherung blühten die Stiefmütterchen in den Blumenrondells. Die Frauen trugen Mini, kurzes Haar und wollten so dünn sein wie Twiggy, das britische Modell. Im Büro stieß sie auf ihren ersten Hippie. Dieser Hippie war eine Frau. Sie trug lange Röcke aus Indien, Sandalen, und die Haare gewellt und verknotet bis zum Popo. Sie machte einen ungepflegten Eindruck, und, als sie Miriam zu einem Simon-und-Garfunkel-Konzert einlud, lehnte Miriam ab, weil sie der Name Garfunkel abstieß, er reimte sich auf Furunkel. Ein Jahr danach kaufte sie die Langspielplatten.

Montreal war ihr vertraut geworden. Die Gegenden, die Stadtviertel waren nicht mehr nur unbekannte Namen. Sie wusste, wie sie zu erreichen waren, ob sie im nördlichen oder südlichen Stadtteil lagen. Anfangs so fremd, war es nun auch ihre Stadt, so wie die unzähliger anderer Einwanderer. Sie begann sie manchmal schön zu finden in ihrem Anderssein. Die Düfte an einem Sommermorgen, nachmittags nach einem Regen, wie lange es hell war am Abend im Mai und im Juni, welche Delis am gemütlichsten waren, wo die Juden wohnten, wo die Wohlhabenden lebten, wo die Künstler sich trafen, sie wusste es, sie kannte es. Und sie fing an, die Stadt mit den Augen einer zu betrachten, die Wurzeln schlagen würde.

Am liebsten saß sie neben der hochmütigen Kusine Frances auf dem Sofa im Wohnzimmer an den Abenden der Seifenoper »Peyton Place« mit der schönen, zerbrechlichen Mia Farrow, und während der Serien »The Fugitive« mit David Janssen, und »Run For Your Life« mit ihrem Schwarm, dem sensiblen, wortkargen Ben Gazzara mit den Rehaugen. Sie fand Geborgenheit in der Wärme ihrer Körper vor dem Fernsehapparat. Niemals hätte sie der Kusine eingestanden, dass sie nach Zärtlichkeit hungerte. Ihr schien, die hochmütige Kusine war ebenso liebesbedürftig wie sie. Es war viel Platz auf dem Sofa im Wohnzimmer, aber sie saßen so nah beieinander, dass sich Schenkel, Hüften, Arme berührten. Verstohlen taten sie es und sie taten so, als wäre jede Berührung versehentlich. Zwei nach Liebe hungernde Jungfrauen.

So unbarmherzig wie ihre misstrauische Mutter war die Kusine, und sie nannte Miriam einen Dummkopf. Aber sie gehörten zusammen. Die Tante sagte, dass sie schlecht seien. Weil sie hofften, weil sie Wünsche äußerten, waren sie schlecht. Sie sollten still sein. Sie sollten geduldig sein. Sie sollten warten, bis ein Vater oder eine Mutter sagte, du brauchst, du sollst, du kannst, du darfst. Das »Ich will«, »Ich möchte«, »Ich wünsche« machte sie schlecht. Die Kinder waren schlecht. Das hatten sie gemeinsam, dass sie schlechte Kinder waren. Wie fühlten sie sich scheußlich und schlecht. Und gerade das zwang sie zusammen, außer der Geschichte, dass die Tante Miriams Mutter von einem Leichenhaufen in Bergen-Belsen gezerrt hatte. Wenn sie die Tante anblickte, war sie nie weit von einem Leichenhaufen entfernt. Ihr allein hatte sie nicht nur ihre Auswanderung aus Deutschland zu verdanken, nein, ohne die Tante wäre sie überhaupt nicht da.

Wie könnte sie da sein? Ihre Mutter war doch damals schon eine Leiche gewesen. Die Tante war stark. Ihre Mutter war die Leiche. Die Kusine war so stark wie die Tante. Nüchtern deckte sie die kleinsten Schwächen in einem Menschen auf und verunstaltete ihn damit. Mit einer einzigen fürchterlichen Bemerkung machte sie einen zunichte. Manchmal faszinierte Miriam ihre Menschenverachtung fast, weil sie ihre Aufmerksamkeit auf Eigenschaften lenkte, die unbeachtet an ihr vorübergegangen wären, und gerade deshalb musste sie sich so oft das »Mensch, bist du ein Dummkopf« anhören. Sie war ihr bei weitem überlegen, die gleichaltrige Kusine.

Deutschland hatte sie hinter sich gelassen. Kaum einer fragte nach ihrer Heimat, ihrem Leben vorher, ihren Freunden, ihrer Familie. Dennoch dachte sie an das, was gewesen war. Alles hatte sie zu Hause gelassen, all das, was ihr so viel bedeutet hatte, ihre Briefmarkensammlung, ihre Briefe, die Filmschauspielerbilder und Filmprogramme, ihre Fotoalben, ihre Bücher und ihre ängstliche, kleine Schwester. Und sie war ausgewandert mit ihren Kopftüchern und ihrer Daunendecke, weggelaufen, nicht gewandert, weggeflogen, einfach so, ohne ernstlich darüber nachzudenken, nur jetzt, manchmal, dachte sie daran, wenn Mrs. Lubinsky eine Ansichtskarte aus den Alpen auf ihre rosarote Bettdecke legte.

Lola mit den Lidschatten hatte von der Höhe ihres Drehsessels im Telexraum eine Feier mit rosaroten und blauen Luftballons für die hochschwangere Candy organisiert. Zwillinge wurden erwartet. Die Stenotypistinnenhalle war voller Stricksachen und Decken und Windeln. Alle wollten

Mütter werden, alle in den Miniröcken, und die schwarze Witwe Barbara, die mollige Griechin, Bessy mit dem spitzen Verlobungsring, und die schlanke Griechin, Kiki, die Chinesin Amy, die erfahrene Linda, die bepickelte Beverly in den Dreißigern, ja, auch die hochmoderne Lola und sogar die dünne Hippiefrau. Die herzlose Mrs. Hodgkins, für die es zu spät war, betastete zärtlich die samtweichen Sächelchen. Windelnwaschen wollten alle und Griesbrei rühren, so gerührt waren sie von der bevorstehenden Mutterschaft einer Arbeitskollegin, einer Freundin, einer verheirateten Frau. Jede beneidete sie. Die schwangere Candy war die Kaiserin der Stenotypistinnenabteilung.

Und dann war plötzlich Krieg. Krieg in Israel. Krieg in ihrem Zimmer in der Bloomfield Street. Wieder wurden Juden ermordet. Im Juni, wo bei Sonnenaufgang das hysterische Vogelgezwitscher und der dumpfe Motor der weißen Sprengwägen den frühen Sommer ankündigte. Die Stadt war hell und voller Erwartung. Am Morgen, auf dem Weg zur Arbeit, glänzten die nassen Straßen im Sonnenschein. Sie freute sich auf Wärme, auf nackte Haut, auf dünne Stoffe, auf Freiheit. Im neuen Leben. In Kanada. Sie genoss es bewusst und gleichzeitig saß sie mit Israel und den Arabern im Bus und in der U-Bahn. Plötzlich gab es mehr Juden als Griechen. Transistor Radios und aufgeschlagene Zeitungen überall. Man sprach von nichts anderem. Israel. Die einzige Zuflucht der Juden. Israel bedroht. Hastig wurde Geld gesammelt. Sie löste ihre Lebensversicherung ein. Einen Teil davon gab sie einem Rabbiner bei einer Versammlung in einem Saal neben der Schwimmhalle des Hebräischen Vereins Junger Männer in Hampstead. Adolf Hitler hatte ihr eine

Identität gegeben mit dem Land in der Wüste, das sie noch nie gesehen hatte, dessen Sprache sie nicht kannte. Und die Juden kämpften. Und sie siegten nach sechs Tagen. So stolz war sie, als hätte sie selbst ein Gewehr in der Wüste getragen. Sie kaufte Sommerkleider, für George aus Kalifornien, er hatte seinen Besuch angekündigt, und ein Paar dunkelrote, italienische Schuhe mit Schleifen und breiten Absätzen in einer kleinen Boutique in einer teuren Geschäftsstraße. Die Schuhe kosteten fast so viel wie die Summe auf dem Scheck, den sie Mrs. Lubinsky monatlich aushändigte. Sie zögerte. Dreimal ging sie in das Geschäft und bewunderte sich in den Schuhen im Spiegel. Beim viertenmal trug sie sie an den Füßen aus dem Laden und fuhr mit den alten Schuhen in der neuen Schachtel mit der U-Bahn nach Hause. Sie war die Schönste in Montreal, die Schönste auf dem ganzen Erdteil Amerika. Aber in der Bloomfield Street schlug die Tante die Hände über dem Kopf zusammen und die Kusine nannte sie wieder einen Dummkopf. Weil die Schuhe rot waren. Weil man nicht in »Butiken« kauft. Sondern im Großhandel. Für zehn Dollar und keinen Cent mehr. Der Onkel schüttelte betrübt den Kopf. Die Okays nahmen kein Ende. Schlecht war sie, sagte die Tante, oj, wie schlecht.

ZÜGE IN DER KÜCHE

Weißt du, dass der wilde Robert in Montreal lebt?

Er ist schon früh ausgewandert.

Das war Ende der Fünfziger Jahre, da ist er schon weg nach Kanada.

Ich hab keine Ahnung was er dort macht.

Lass dich bloß nicht mit ihm ein.

Wieso? Weil er hat einen schlechten Ruf.

Er war doch als Kind schon wild.

Warum, denkst du, heißt er der wilde Robert?

Umsonst wird man ihn nicht so nennen.

Die Eltern? Ich weiß nicht.

Er hat nur die Tante gehabt.

Mit ihr war er versteckt.

An das kannst du dich noch erinnern? Als er dich in die Hühnerscheiße geschmissen hat? Damals war er schon zehn.

Ein schlimmer Kerl war er, das kann ich dir sagen. Und heute ist er bestimmt auch nicht besser.

Weil ich es weiß.

Aber ein bildhübscher Kerl ist er. Das war er schon immer. Er sieht aus wie ein ganzer Scheigitz.

Irish Coffee

War ein Scheigitz schöner als ein Jude? Immer, wenn die Mutter behauptete, jemand sähe aus wie ein Scheigitz, verstand sie darunter, dass dieser Jemand schön war. Wenn man sagte, ein Jude sähe aus wie ein Scheigitz, deutete sie das als ein Kompliment. Sie hörte zum Beispiel nie, »er ist klein wie ein Scheigitz.« Stets hieß es, »groß wie ein Scheigitz« oder »blond wie ein Scheigitz« oder »blauäugig wie ein Scheigitz«, und so hatte sie unter Scheigitz die Vorstellung eines großen, schönen, göttlichen Wesens. Aber was war dann das Judesein? War es nicht schön?

Als sie ihn zum erstenmal als erwachsenen Mann sah, trug sie die roten Schuhe. Sie trug sie zu einem lila Minikleid aus Leinen mit grüner Borte und kurzen Ärmeln. Eine deutsche Dame aus Toronto hatte telefoniert und ihr Grüße von der Mutter ausgerichtet. Sie lud sie Sonntagnachmittag ins Queen Elizabeth Hotel zum Tee ein. Sie brachte ihren Neffen, den wilden Robert, mit. Der wilde Robert war ein stattlicher Mann und er sah nicht wild aus. Er erinnerte sich nicht, dass er sie in einer bayerischen Bischofstadt in den Hühnerdreck geworfen und sich so lange auf sie gedrückt hatte, dass sie fast erstickt war. Er bestellte Irish Coffee und schob das Glas mit dem Getränk, als der Kellner außer Sichtweite war, über die Tischfläche vor sie hin. Neben ihnen spielte ein gebeugter

Herr im Frack »Wien, Wien, nur du allein« auf einer Geige. Da kamen ihr die Tränen. Unter dem Tisch fühlte sie des wilden Roberts Knie an ihren. Nach dem dritten Irish Coffee lag eine warme Hand auf ihrem rechten Oberschenkel. Der wilde Robert bot an, sie nach Hause zu fahren. Seine Tante sagte, sie solle sich melden, wenn sie nach Toronto käme, und verabschiedete sich. Der wilde Robert brachte sie im Volkswagen zur Bloomfield Street, parkte einige Häuser vor ihrer Adresse und fiel über sie her wie sechzehn Jahre vorher im Hühnerdreck. Später taumelte sie die Treppe zur Lubinsky-Wohnung hinauf, zog die nassen Sachen aus und konnte nicht einschlafen. Am nächsten Tag stand sein Volkswagen um fünf Uhr nachmittags am Randstein vor den Treppen der Sun Life Versicherung. Die Abende waren hell. Er wollte ihr Montreals Umgebung zeigen. Er fuhr aufs Land. Den Volkswagen ließ er unter einer Fichte stehen. Er führte sie einen holprigen Pfad entlang zur Auberge Antoine. Nach der Zwiebelsuppe, nach dem Boeuf Bourguignon und nach den Petits Fours, brachte sie der wilde Robert in den zweiten Stock in ein Zimmer mit Himmelbett und zog sie aus. Ohne Schuhe und ohne Schlüpfer schämte sie sich. Er schämte sich gar nicht. Aber er gab ihr den Schlüpfer zurück und hielt sie eng umschlungen unter Gänsefedern die ganze Nacht. Und er bat um Verzeihung für die Aufdringlichkeit im deutschen Hühnerdreck. Als die Sonne aufging, zog sie sich an und er fuhr sie zur Arbeit. Zwar hatte sie keine frischen Unterhosen, doch fühlte sie sich im Volkswagen neben dem wilden Robert wie eine begehrenswerte Frau und empfand Mitleid für jene, die von den Fenstern der Autobusse auf sie herabblickten.

Zwei Wochen lang liebten sie sich bekleidet. Und dann zog er eines Abends im Volkswagen vor der Lubinsky-Wohnung sein Krokodillederportemonnaie aus der Hosentasche und reichte ihr das Foto der blonden Ehefrau mit blondem Kind auf dem Schoß. Er sagte, er erwarte sie jetzt von der sechswöchigen, ländlichen Sommerfrische zurück. Sie war katholisch.

Ihre Zimmervermieterin war froh, als Miriam wieder pünktlich jeden Abend von der Arbeit nach Hause kam. Über den Mann im Volkswagen stellte sie keine Fragen. Sie fand, dass Miriam ein sauberes, junges Ding war, und es würde ihr nichts ausmachen, wenn sie ab und zu die Küche benützte, um sich einen Salat zu machen oder eine Suppe aufzuwärmen.

Abends saßen Mr. und Mrs. Lubinsky am Tisch in der Mitte der Küche neben der pfeifenden Kanne auf dem Herd und schlürften heißen Tee. Dazu griffen sie mit einer silbernen Zange Würfelzucker aus einer Dose, schoben die Stückchen zwischen Zunge und Gaumen und saugten das heiße Getränk durch die Süßigkeit. Mr. Lubinsky piepste heiser, sein Sohn ließe sich selten blicken, und Mrs. Lubinsky lächelte resigniert. Mr. Lubinsky beschwerte sich, vom Mund habe er sich jeden Bissen abgespart, damit sein Sohn es besser haben sollte als er. Und was war der Dank? Der Dank? Er fletschte die gelben Zähne. Sein Gebiss, das war der Dank! Manchmal zeigten sie ihr alte Fotos vom Zahnarzt als kleines Kind.

Miriam hatte keine Kinderfotos zum Herzeigen.

Als sie zum erstenmal die neue U-Bahnstrecke zur Weltausstellung fuhr, suchte sie vor allen anderen den Pavillon der Bundesrepublik Deutschland, das Wirtschaftswunder unter der modernen Zeltstruktur. Dort wurde ihr die junge deutsche Demokratie vor Augen geführt. Aber die Ruinen ihrer Kinderjahre, trockene, ruhige Sommerlandschaften, staubige Landstraßen suchte sie vergebens.

Außer den deutschen Erfolgen des ökonomischen Aufbaus gab es bayerisches Bier, Alpenjodler und kulinarische Spezialitäten. Die deutschen Zelte machten sie traurig. Sie ging lieber zu den Russen, weil sie sich freuten wie kleine Kinder, wenn sie sie über ihr Land ausfragte. Und sie waren so stolz darauf, priesen es so überschwenglich, dass ihr das gewaltige Sowjetland wie das himmlische Paradies erschien. Der russische Pavillon war ein riesiger Glaskasten. Auf Rolltreppen fuhr sie ins obere Stockwerk zum Sputnik und zu den Raketen. Die Sowjetunion war das fortgeschrittenste Land der Welt. Demnächst sollten Wohnsiedlungen auf dem Mond entstehen. Sie sah Film- und Lichtbildervorträge über die neuesten Errungenschaften in Medizin und Raumfahrt. Fotografien von landwirtschaftlichen Geräten und von vor Gesundheit strotzenden pausbäckigen Bäuerinnen in bunten Kopftüchern, von Fabrikarbeitern beim Mittagessen, von Balletttänzern, von berufstätigen Müttern und wohlversorgten Schulkindern vermittelten den Eindruck einer glücklichen Nation im Aufschwung, voller Zuversicht, zu den Klängen von Balalaikamusik. Mr. Lubinsky konnte niemals genug davon hören. »Yeah, Yeah. Habe ich es nicht immer gesagt?« unterbrach er mit offensichtlicher Genugtuung Miriams Berichte über den russischen Pavillon.

»Der Kommunismus,« und er hob die Faust, »lange leben soll der Kommunismus!«. Er selbst ging nicht hin, zum russischen Pavillon, kein einziges Mal.

Wer will sie?

Die unbekannte Christin tat ihr leid. Baruch-Barry Lustmann mit den blauen Augen und den weichen Händen hatte sie verlassen. Er war nach Deutschland gereist und hatte dort zwischen den großen Städten unter den jüdischen Töchtern der zweiten Generation die Schönste gewählt. Hochzeit feierte er mit dem 19-jährigen Kind zweier polnischer Kazettüberlebenden in einem Zelt auf der Theresienwiese in München. Alle beneideten die Eltern der jungen Braut um die gute Partie ihrer Tochter. Jene, die ihnen das Glück nicht gönnten, tuschelten über den Altersunterschied der Brautleute und über den schlechten Magen des Bräutigams. Nach der Hochzeitsreise, die sie nach Italien und Frankreich führte, brachte Baruch-Barry seine junge Frau nach Kanada in eine geräumige Duplexwohnung mit Garten in Hampstead. Außer Miriam, der ehemaligen Mitschülerin, kannte sie keine Seele in Kanada. Baruch-Barry lud Miriam zu Barbecues ein. Er war noch schöner und charmanter als sie ihn in Erinnerung gehabt hatte. Sie war traurig. Er hatte sie nicht gewollt. Seine hinreißende Frau hatte einen Schmollmund. Sie trug rohseidene Pijamaanzüge aus Paris. Er nannte sie seine Geliebte. Sie nannte ihn ihren Geliebten. Sie schwärmte von seinen Küssen. Sie erzählte Miriam von romantischen Nächten in Venedig. Ein erfahrener Mann war Baruch-Barry in der Kunst der Liebe.

Wer will sie?

Baruch-Barry wollte einen jüdischen Mann auftreiben für sie. Er holte einen zwei Meter langen Nierenspezialisten aus Kansas City. Sein Kopf war so weit von ihrem entfernt, dass sich schon ein Gespräch mit ihm als anstrengend herausstellte. Sie war ihm in keiner Weise gewachsen, denn sie hatte Angst vor seiner Größe, und seine verantwortungsvolle Berufung machte sie bange.

Man stellte sie Henry, einem berüchtigten Casanova mit grünen Augen und schwarzen Haaren vor. Auf der Autofahrt zu einer Hotelbar am Flughafen bekam sie einen Heuschnupfenanfall, so dass ihm nichts anderes übrigblieb, als sie zurückzufahren. Er ließ nichts mehr von sich hören.

Einmal hielt Baruch-Barry abends auf der Heimfahrt von seinem Duplex vor einem Hotel an, und ein Witwer aus Maryland stieg ins Auto ein. Er hatte zwei Karten für ein Konzert. Sie saß eine Reihe vor ihm und jedesmal, wenn sie sich nach ihm umdrehte, sah sie zu ihrem Entsetzen, dass er seine vier oberen Zähne mit der Zunge nach vorne geschoben hatte.

Zum Schluss fand Baruch-Barry einen reichen Juwelier aus Zürich. Der Schmuckhändler führte sie in Anzug und Krawatte auf dem Mount Royal spazieren und kaufte ihr einen Becher Eiskaffee. War sie ihm zu schweigsam? Sie kam zu der Einsicht, dass keiner sie wirklich wollte.

Und dann traf der amerikanische George in Montreal ein und brachte seinen großen Fotoapparat mit, den er an einem breiten schwarzen Lederriemen quer über der Brust trug wie eine Waffe. Gleich am Flughafen, nach der Gepäckausgabe, machte er ein Foto von ihr im schwarzgetupften weißen Kleid und Hut und anschließend fuhren sie im Taxi zur Tante und zum Onkel und sie stellte ihn vor. Sie sagten, er sei ein schöner Boy. Die Kusinen, überrascht durch den unangekündigten Besuch, hatten sich in ihrem Zimmer eingeschlossen.

Miriam hatte sich eine Woche Urlaub genommen. George wohnte in der Altstadt im Hotel Saint-Jacques, einem etwas heruntergekommenen Etablissement mit stickigen Räumen zu günstigen Preisen, wo das Personal vorwiegend französisch sprach. Jeden Morgen holte sie ihn dort ab und sie fuhren mit der Untergrundbahn die ganz neu eröffnete Strecke zur Weltausstellung. Miriam war voller Erwartung. Die Welt war neu. Die Züge der Untergrundbahn rochen nach frischem Gummi und sauberem Plastik, die Expo mit ihren Einrichtungen wartete, die bebauten und bepflanzten Ufer des St. Lawrence-Stroms blühten, strahlten in der Sonne, der Himmel, die Erde, alles war frisch. Die Baumwolle, das Leinen, alles was Miriam am Körper trug, war neu. Er war zu ihr gekommen, das war neu. Sie führte ihn und zeigte ihm die Sehenswürdigkeiten einer Stadt, die sie selbst erst entdeckt hatte. Er fotografierte sie im neuen, weißen Kleid in der Konzerthalle an der Place Ville-Marie, er im glänzenden, blauen Anzug mit dünner Krawatte. Die Los-Angeles-Philharmoniker mit ihrem jungen Dirigenten, Zubin Mehta, dem Wunderkind, waren zu Gast. Er fotografierte sie in ihren neuen orangefarbenen Shorts aus Leinen mit dem neuen orangeweiß gestreiften Orlonpulli vor den Pavillons der Weltausstellung. Sie saßen in den Kiesanlagen unter Schirmen und genossen süße Zwiebelräder und Huhn mit Reis und Kirschen aus Persien, Lamm und Couscous mit Datteln und Rosinen aus Marokko, Fleisch am Spieß aus Tunesien und Fleischklößchen auf Zahnstochern aus Skandinavien. Er kostete die Leckerbissen aller Länder, bestaunte die Kultur und Wirtschaft fremder Völker, doch seine unverhohlene Bewunderung, seine uneingeschränkte Aufmerksamkeit, seine bedingungslose Hingabe gehörten dem Pavillon der Vereinigten Staaten von Amerika. Ein Ball aus Glas. Ein Erdball? War Amerika die Welt? Für George ohne Zweifel. Alles andere verblasste im Vergleich zu seinem Land. Bei einer Filmvorführung im schwarzen Saal des Kodak-Pavillons, war es undenkbar, sich etwas Eindrucksvolleres als die amerikanische Landschaft vorzustellen. Die Stimme Gottes selbst erklang durch das Lautsprechersystem. Gott, der Allmächtige, hatte dieses Land erschaffen, ein Land der religiösen Freiheit, ein Land der Gleichberechtigung, ein Land unbegrenzter Möglichkeiten, ein Land, so schön – es raubte Miriam den Atem. Die bescheidenen weißen Kirchen inmitten der herbstlichen Farbenpracht Neuenglands, das blendende Colorado im Winter, ein Frühlingsmeer von Kirschblüten unter dem blauen Himmel der amerikanischen Hauptstadt, die Westküste im Sommer, die Bären im Yellowstone und der stille Sonnenuntergang im Grand Canyon. Ein mächtiges Schauspiel des Landes, zu dem George gehörte, begleitet vom heiligen Sopran der Hymne, komponiert von einem jüdischen Einwanderer aus Russland: »God Bless America«. »My Home, Sweet Home«. Miriam lief ein Frösteln über den Rücken.

Abends zeigte sie sich ihm im dunklen Wohnzimmer der Lubinskys im neuen weißen Bikini aus Frottee. Vor der Balkontüre im Mondschein leuchtete sie wie ein Unterwäschefotomodell. Sie lag in seinen Armen unter den Sternen auf dem Balkon der Lubinskys, und als er Abschied nahm, vergoss sie Tränen an seiner Brust auf einer gepolsterten Bank am Flughafen. Aus Kalifornien schickte er ihr eine kleine Dose Kaviar, und dann erhielt sie einen langen Brief, in dem er seine Liebe für sie offenbarte, und auf der vierten Seite, nach dem P.S., einen Telefonanruf am nächsten Donnerstag um zehn Uhr abends ankündigte. Etwas von großer Bedeutung würde er sie fragen, schrieb er. Und sie ahnte was er sie fragen würde. Würde sie ja sagen? Sie wollte ihn lieben. Weil er sie liebte. Sie kannte ihn aber nur flüchtig. Ja, sie würde ihn lieben. Würden ihre Eltern glücklich sein? Sie hatte einen jüdischen Amerikaner gefunden.

Hausfrau wollte sie sein. Hausfrau im kalifornischen Paradies.

An dem verkündeten Abend wartete sie auf dem Klodeckel hinter der verriegelten Badezimmertür, die Schnur auf den Fliesen, das schwarze Telefon auf dem Schoß, und als es aus Kalifornien klingelte und er leise fragte: »Will you marry me?«, sagte sie ja. Und sie drehte mit zitterndem Zeigefinger die Durchwahlnummer nach Deutschland und die Vorwahlnummer ihrer Heimatstadt und die für immer und ewig in ihre Erinnerung eingegrabenen 66-7-12 von Zuhause. Sie sagte zu ihrem Vater in Deutschland: »Papa, ich bin verlobt!«

»Little Woman«

Alles was sie hatte, brachte sie in dem neuen schwarzen Koffer, einem American Tourister mit roten, grünen und gelben Streifen und silbernem Zahlenschloss nach Kalifornien. George holte sie an einem heißen Septembervormittag vom Flughafen ab und fuhr sie dorthin, wo sie ihre Briefe hingeschickt hatte. Eine stark geschminkte Frau öffnete die Haustür, musterte sie mit herabgezogenen Mundwinkeln und stieß endlich ein »So, du bist also die Europäerin, die mein Sohn heiraten will« hervor. Miriams ausgestreckter Hand schenkte sie keine Beachtung, und zu ihrem Sohn bemerkte sie: »Du wirst schon wissen was du tust!«

Der Katze neben ihrem Fuß, einem betrübten orange- und braungesprenkelten Tierchen, versetzte sie einen Stoß mit der Fußspitze. »Verschwinde, du dummes Tier«, fauchte sie.

»Komm her, Charlie«, rief George beschwichtigend, hob die Katze vom Boden auf und kraulte sie hinter den Ohren. »Meine Mutter hat Asthma«, erklärte er Miriam. Die Katze gehörte dem Bruder, der mit seiner Frau auf einem Autorennen in Riverside war.

In das Haus, in das er sie gebracht hatte, kam er täglich nach der Arbeit, das Haus der Mutter, wo ihm eine geschabte Karotte bereits auf der Türschwelle in die Hand gedrückt wurde, damit er sich beim Abendessen mit zwei dünnen

Scheiben Rinderbraten begnügen würde. Fleisch war teuer und die Mutter war sparsam. Es war das Haus, in dem Miriams Post auf ihn wartete. Einmal hatte er seine Mutter bei der Lektüre seiner Briefe ertappt und sie zurechtweisen müssen. Fast jeden Tag nach der Arbeit fuhr er dorthin, seit sie Witwe war. In der Küche, beim Salat, vor den halbgefüllten Flaschen der Salatdressings, blätterte er schweigend die Zeitungsseiten um. Die Mutter schüttete die übriggebliebenen Dressings von den Holzschüsseln zurück in die Flaschen und stellte sie in den Kühlschrank. Das »Thank you« und der zögernde Blick auf ihre schlaffen Arme, wenn sie den Teller mit dem Fleisch und dem Dosengemüse vor ihn auf die Plastikunterlage setzte, bestätigten die Anerkennung ihrer Bemühungen. Er war eben dankbar, dass er nicht allein in einem Diner oder Fast-Food-Restaurant sitzen musste. Nun würde er heiraten, Miriam würde für ihn kochen, für ihn sorgen, und die gramerfüllten Abende im Hause seiner Mutter neigten sich dem Ende zu.

Sie saßen auf dem L-förmigen, weißen Sofa im elfenbeinfarbenen Wohnzimmer, die Mutter mit gespreizten Beinen unter dem kurzen Hauskleid. An ihren Armen klirrten goldene Reifen. Unter dem Hals hing eine halbe Eierschale aus Elfenbein, aus der ein Kükenköpfchen hervorlugte, und unter der Brust baumelte von einer goldenen Kette ein Elfenbeinelefant mit goldenen Streifen am Bauch. An einer nackten Fessel hatte sie ein Kettchen mit goldenen Herzen. Die Finger beringt, an einer Hand ein Diamant wie ein gläsernes Fischauge. Ihre Nase war platt und breit wie die eines Boxkämpfers, die Augen kalt, die dunklen Haare gelblich getönt.

»Um ehrlich zu sein«, sagte sie plötzlich sehr direkt, und lachte geringschätzig: »Solch ein schlichtes Wesen habe ich mir unter meiner zukünftigen Schwiegertochter nicht vorgestellt!« Ihr Lachen war ein Krächzen. Miriam war wie gelähmt vor Angst. George ärgerte sich. Zu seiner Mutter sagte er schroff: »Diese Beziehung wirst du mir nicht verderben!«, stand auf, zog Miriam aus dem Wohnzimmer und in sein Jungenzimmer mit den zerkratzten Möbeln seiner Jugendzeit. Er umarmte sie, er flüsterte ihr ins Ohr, dass er sie liebte. Alles würde er tun, um sie glücklich zu machen.

Er fuhr mit ihr bei den Verwandten in der Edinburgh Avenue in Fairfax vorbei. Dort wohnten Georges Großmutter und seine kinderlose Tante mit ihrem Mann.

»Seht mal, wer gekommen ist. George! George!«, riefen sie in heller Aufregung.

Ein Prinz war er, ein Gott. Sie waren gerade im Aufbruch zu einer Feier. Die Tante blickte Miriam neugierig an.

»Ein Mädchen aus Europa«, lächelte die Großmutter. Das Wort schön wurde wiederholt. Bedingungslose Zuneigung spürte sie. George war König hier. Der Erstgeborene in der Familie. Der erste Neffe, der erste Enkel. Bei ihnen konnte er nichts falsch machen. Sie vergötterten ihn.

In der Formosa Avenue hatte Onkel Philip direkt gegenüber seinem Haus ein möbliertes Zimmer mit Kochnische, Bad und Privateingang für sie gemietet. Sie holte den Schlüssel von einem dicken Ehepaar ab, das im verdunkelten Wohnzimmer vor dem Fernseher saß, und George brachte den Koffer auf ihr Zimmer. Sie fuhren zu seinem neuen möblierten Junggesellenappartement am Venice Boulevard in

Palms, für das er noch im Sommer einen sechsmonatigen Mietvertrag unterschrieben hatte. Dort gab es zwei Swimming-Pools, eine Sauna, einen Gesellschaftsraum, einen Tischtennisraum und eingezäunte Tennisplätze. Draußen das regelmäßige, dumpfe Aufprallen der Tennisbälle, Gelächter, Radiomusik, Planschen im Wasser, Kopfsprünge. Innen, verbrauchte Luft in den schwachbeleuchteten Gängen. Graue Teppichböden und braune Wohnungstüren mit schrägen, goldenen Ziffern. Der Ort glich eher einem Hotel als einem Appartementhaus. Weder das Grelle draußen, noch das Dunkle drinnen schienen Wirklichkeit. Der Kontrast zwischen dem blendenden Äußeren und dem düsteren, stickigen Inneren war so gewaltig, dass sie Beklommenheit ergriff. Ihre Kehle schnürte sich zu. Draußen war Ferienstimmung, drinnen Kerker. Das konnte kein Zuhause sein. Er schloss eine der braunen Türen auf und knipste den Lichtschalter an. Die Vorhänge waren geschlossen. Zur Linken das Einbauküchenviereck mit Bar, vor ihr das Doppelbett, zur Rechten ein schmaler Schreibtisch, ein Sessel, eine Stehlampe.

Er zog etwas aus einer Schublade und reichte es ihr. Ein Schwarzweißfoto seiner allerersten Liebe im Badeanzug mit einem Träger lose neben der hellen Schulter am Strand von Santa Monica. Er fragte, ob sie nicht tolle Beine hätte. Miriam war zutiefst verletzt. Seine erste Liebe. Warum hatte er ihr das Bild gezeigt? Wollte er nur beweisen, dass er eine hübsche Freundin gehabt hatte oder hing er immer noch an dieser ersten Liebe? Sie wurde unsicher. Ja, sie hätte schöne Beine, sagte sie zu ihm und gab das Bild zurück. Sie legten sich der Länge nach auf sein Bett wie zwei Löffel in der Schublade. Unter dem Kleid öffnete er die Häkchen an ihrem Büstenhalter. Er umklammerte die

Brustkugeln und er rieb das steife Schießeisen durch den Hosenstoff an ihrem Schlüpferpopo. Sein tiefes Stöhnen beruhigte sie. Vielleicht begehrte er sie so wie die mit den tollen Beinen auf dem Foto. Später, auf dem Freeway, als es schon dämmerte, warf er ihr ein grünes Samtschächtelchen in den Schoß. Darin lag eine funkelnde Mandel. Ein Diamant. Spitz und scharf und herrlich. Sie starrte auf ihre Hand.

Er fuhr bergauf in die Hollywood Hills. Sie saßen im Yamashiro Restaurant bis Mitternacht an einem Tischchen mit Blick auf das Lichtermosaik der Stadt. Groß, rund und tief, wie in einem Bilderbuch, hing der kalifornische Septembermond über der schwarzen Riesenfläche. Jedes Jahr würde sie ihn bewundern. Sie zog eine Zigarette aus der rotweißen Schachtel in ihrer Handtasche. Vollmond, die warme Nacht, eine Zigarette und der Mann, mit dem sie verlobt war. War sie jemals glücklicher gewesen? George bemühte sich mit dem Streichholz. Er fragte nicht, was sie sich von ihrer gemeinsamen Zukunft erhoffte. Er sprach von seinen Plänen und Erwartungen. Zärtlich nannte er sie »Little Woman«. Sie rauchte allein neben ihm. Der Little Woman würde man die Anti-Baby-Pille verschreiben, sagte er. Nach der Hochzeit würde die Little Woman ein paar Jahre lang arbeiten. Mit dem ersparten Geld würde man ein Haus anzahlen. Die Little Woman würde abends in der Highschool amerikanische Geschichte und Staatsbürgerkunde studieren. Er nippte an seinem Whisky mit Seven-Up. Die Eiswürfel klirrten im Glas. Die Little Woman würde die Namen der sechsunddreißig amerikanischen Präsidenten auswendig lernen und der Reihenfolge nach von George Washington bis Lyndon B. Johnson aufzählen. Er sprach über den Senat, das

Repräsentantenhaus und das Weiße Haus. Er nannte die Zahl der Abgeordneten und pries Thomas Jefferson, der die Verfassung entworfen und unterschrieben hatte. »Mein Held«, nannte er ihn. Er schwenkte das Whiskyglas hin und her. Und die Little Woman würde Amerikanerin werden. Und die Little Woman würde drei kleine Amerikaner kriegen: Boy, Girl, Boy.

Eltern

Georges Mutter hielt nicht viel von den Refugees, den Flüchtlingen, den Heimatlosen. Sie waren nach Amerika gekommen und in Null-Komma-Nichts hatten sie ein Business aufgebaut. Während ihresgleichen, hier geboren, zur Schule gegangen, jahrelang pflichtbewusst gearbeitet hatte, kamen diese Leute hierher und wurden schnell reich.

»Ich frage dich«, wandte sie sich an Miriam drei Tage nach ihrer Ankunft in Kalifornien in Georges Chevrolet auf dem Weg zum Flughafen, »wie ist so etwas möglich?«

Und sie erklärte es sich so, dass vielleicht einige goldene Zähne aus den Konzentrationslagern herausgeschmuggelt worden waren, das war ihre Meinung, wenn Miriam es wirklich wissen wollte. Wie sonst hätten sie es hier in einem fremden Land ohne Sprache so weit bringen können? George wies sie zurecht mit einem scharfen »Mutter!« und fügte nichts hinzu. Miriam hätte ihr am liebsten eine Ohrfeige gegeben.

Sollte sie zurück nach Kanada? Zurück nach Deutschland? Sie hätte sie schlagen sollen, schlagen, wie die Nazis die Juden geschlagen hatten. Und tat nichts dergleichen. Unterdrückte ihren Zorn. Die zukünftige Schwiegermutter lachte nur über Miriams leise Entrüstung.

Waren ihre Eltern nicht auch Einwanderer gewesen, fragte Miriam sie. Sie fuhren zum Flughafen, um die polnischen

Kazettüberlebenden aus Deutschland zu begrüßen, ihre Mutter und ihren Vater.

Dann standen sie alle beim Ausgang. Georges Mutter in ärmellosem Hauskleid aus Polyester und goldfarbenen Sandalen, an deren Riemchen plastische Kirschen und Bananen baumelten. Sie sprach amerikanisch-jiddisch mit den Eltern aus Deutschland. Mutter, in Kostüm, Vater in Mantel und Hut, lächelten höflich und strengten sich an, das harte, amerikanisch geprägte Jiddisch von Georges Mutter zu verstehen. Sie hatte es von ihren osteuropäischen Eltern mitbekommen. Der kleine Vater aus Odessa, ihr Tatte, der Grandpa, ein Käppchenhersteller und Börsenspekulant, war vor ein paar Jahren auf dem Schiff von Frankreich nach Israel bei einem Herzschlag umgekippt, ohne das Gelobte Land je gesehen zu haben. Die kleine Mutter aus Brest-Litowsk, ihre Mamme, die Grandma, war mit dem Sarg nach Kalifornien zurückgekehrt. Grandpa hatte seiner Frau und den drei Töchtern Aktien hinterlassen, und im Testament stand in seiner steilen Handschrift, die Kinder sollten sich um ihre Mutter kümmern. Georges Mutter rühmte sich, dass ihr Vater ein Selfmademan gewesen war, der sogar Artikel auf Englisch für das Wall Street Journal geschrieben hatte. Seiner ältesten Tochter hatte er geholfen, den Beruf der Börsenmaklerin zu erlernen. Und ihr Sohn, George, ihr Tatti, war sein Liebling unter den Enkelkindern gewesen. Ihr Tatti war ein guter Boy, ein Mensch. Sie hatte ihn zu einem perfekten Exemplar erzogen. Die Eltern aus Deutschland müssten dankbar sein, ihren Tatti als Schwiegersohn zu bekommen. Miriams Jungfrauenstatus dagegen imponierte ihr überhaupt nicht. Ihr Kronenmund verzog sich verächtlich, als Miriams

Mutter wenige Tage nach ihrer Ankunft beim Abendessen im Nibblers Delikatessen-Restaurant ihre Trumpfkarte auf die gläserne Tischplatte legte.

»Flo«, fing sie an, »was ich Ihnen gebe, werden Sie in Amerika nicht so schnell finden.«

»So, so. Hört ihr das?«, wandte sich Flo an die zwei jüngeren Schwestern, die neben ihr saßen und nervös kicherten.

»Selbstverständlich«, betonte Miriams Mutter. »Ich hoffe, Sie werden es zu schätzen wissen, dass meine Tochter unberührt ist.«

»Erzählen Sie mir keine Geschichten, das ist doch altmodisch«, sagte Flo sofort auf Englisch. Miriam übersetzte notgedrungen.

»Altmodisch?« Miriams Mutter schob ihren Teller zur Seite und legte beide Handflächen auf den Tisch. »Schauen Sie meine Hände an.« Sie war todernst. »Ich lege beide Hände ins Feuer, wenn meine Tochter nicht unschuldig ist.«

»Aber sowas gibt es doch heutzutage nicht mehr«. Flo lachte lauthals. »Was habe denn ich davon, wenn Ihre Tochter eine Jungfrau ist?« Sie sagte es auf Jiddisch.

»Was Sie davon haben?« fragte Miriams Mutter leise empört. »Ich werde Ihnen sagen, was Sie davon haben. Ihr Sohn bekommt ein unschuldiges, sauberes Mädchen. Das ist mehr wert als alles andere.«

»Hört Ihr das?« fragte Flo ihre zwei Schwestern auf Englisch. Sie nickten verlegen und sagten kein Wort. Flo lachte laut. »Sie sind aber witzig«. Sie neigte sich nah an Miriams Mutter heran: »Wem liegt denn heute noch etwas an einer Jungfrau?«

»Oh, da wissen Sie aber noch nicht alles. Eine Jungfrau ist unbezahlbar«, versicherte ihr die Mutter.

»Welchen Vorteil hat denn mein Tatti von einer Jungfrau? Er soll sich die Hörner abstoßen. Moderne Mädchen sind keine Jungfrauen mehr. Wir leben im zwanzigsten Jahrhundert!«, sagte sie. Und nun wandte sie sich direkt an Miriam. Sie zweifelte daran, sagte sie auf Englisch, dass ihr Tatti es ohne sexuelle Befriedigung lange aushalten würde. In dieser Hinsicht war er nach ihr geraten. Unersättlich war sie, und stolz darauf.

»Was?«, fragte Miriams Mutter ungeduldig, »Was hat sie gesagt?« Die Hochzeit wurde von März auf Januar vorverlegt.

Miriams Vater schenkte George eine goldene Uhr, ganz so wie es der Brauch in jüdischen Familien war. Und sofort bestellte sich die Schwiegermutter ein Mercedes-Cabriolet und eine Olympia-Kofferschreibmaschine. Als Mitgift für ihren Sohn verlangte sie den Hausrat sowie ein Rosenthal-Service und ein Silberbesteck. Sie erwartete, dass Miriams Leute, so bezeichnete sie ihre Eltern, die Verlobungsfeier und die Hochzeit bezahlten. Mit rotem Kopf nahm der Vater die Forderungen zur Kenntnis. Er war Kaufmann von Beruf und in der Gastronomie tätig gewesen. Stets ein eleganter Mann, machte er in Amerika den Eindruck eines Wohlhabenden. Miriam schämte sich der Schwiegermutter. Gab es noch ein Zurück? Hatten sich die Eltern nicht als Schwiegersohn einen jüdischen Amerikaner gewünscht? Miriam hatte ihn gefunden. Für sie gab es kein Zurück nach Deutschland, trotz Sehnsucht, trotz Trauer. Ja, eben wegen der Trauer gab es kein Zurück.

Die Verlobung feierten sie mit den nächsten Verwandten an einem brütend heißen Sonntagnachmittag in einem dunklen Fischlokal an der Kreuzung zwischen San Vicente und dem breiten La Cienega Boulevard, an dessen Ost- und Westseite sich bekannte Restaurants, Oben-Ohne-Bars und Nachtklubs reihten. Die Basen und die Vettern, die Tanten und die Onkel, sie winkten aufgeregt und umarmten und küssten einander vor dem offenen Fischmauleingang. Die Verlobte trug ihr neues weißes Kleid aus Kanada, George seinen guten glänzenden blauen Anzug. Er machte andauernd Fotos. Seine Absätze waren abgetreten. Der Vater wies sie darauf hin und meinte: »Du wirst schon Ordnung in die Bude bringen.« Onkel Philip knurrte: »Ein Amerikaner, was willst du?«

Als sie vom blendenden Sonnenlicht der Straße durch das Fischmaul trat, kam sie sich vor wie in einer feuchten Tropfsteinhöhle. Flo, die sie nicht Flo nennen durfte, nicht Mutter nennen wollte, und deshalb gar nichts nannte, steckte mit einer Nadel eine Orchidee an ihr Kleid. Neben ihr, bescheiden, in schwarzem Seidenkleid, gelb lächelnd, die Großmutter. Sie stand in geschnürten Lederschuhen, die Beine gespreizt, um ihr Gleichgewicht zu bewahren, eine graue Frau mit einer kleinen Beule an der Stirn. Die Großmutter. Der Vater strahlte und wischte sich die Tränen aus den Augen. Und die Amerikaner in Georges Familie begeisterten sich für den sentimentalen fremden Mann aus Europa, der, rot im Gesicht, mit einem Babtschegeschrei vor der Großmutter kniete. Sie waren gerührt. Sie lauschten dem Jiddisch und fühlten sich nicht ganz wohl dabei. Davon stammten sie doch ab, von diesem Jiddisch. Das Getue um die Babtsche erinnerte die Amerikaner an ihre Wurzeln. Die Mutter der Babtsche, eine Frau Rotstein, war 1932 mit ihren Kochtöpfen nach Amerika gekommen, und weil es ihr in dem fremden Land nicht koscher genug gewesen war, reiste sie nach einem Jahr enttäuscht zurück nach Brest-Litowsk. Man hörte später nie wieder etwas von ihr oder ihrer Familie. Sicher wurde sie erschossen mit den anderen Juden von Brest-

Litowsk. Dass die Heimat der Babtsche in Osteuropa lag, dass sie ein Elternhaus hatte, ein Leben vor Amerika, dass sie vor der Gefilte-Fisch- und Hühnersuppenkocherei einmal ein junges Mädchen gewesen war, daran dachten die Enkelkinder eigentlich nicht. Vier waren sie, und sie kannten die alte Frau nicht. Sie schickten ihr Geburtstagskarten mit weißen Kätzchen, roten Rosen und goldener Druckschrift, riefen »Hello Grandma« und »Good-Bye Grandma« und empfingen Grandmas Schecks zu Chanukka und am Valentinstag und Purim und Pessach und an Geburtstagen und Hochzeitstagen. Nichts hatten sie gemein mit der Frau von der Grenze zwischen Polen und Russland bis auf ihre Mütter, die sich als Kinder ihrer untersetzten, koscheren Mutter aus Osteuropa geschämt hatten. Nun waren aber plötzlich Europäer gekommen, Leute, aus Polen stammend, im Lande der Großmutter aufgewachsen. Miriam, die »Europäerin«, eine Fremde unter den amerikanischen Enkeln, verstand die Sprache der Großmutter. Zwischen den Amerikanerinnen war sie ein exotisches Pflänzchen. Eine junge Europäerin hatten sie noch nie persönlich zu Gesicht bekommen. George prahlte, dass seine Verlobte ein natürliches Mädchen sei, ohne Schminke, ohne Nagellack. »Ein Naturkind«, warf die Schwiegermutter spöttisch hin und verzog den Mund.

Zwei von den Onkeln bestellten Hummer und bekamen weiße Lätzchen mit roten Hummern um den Hals geschnürt. Am Kopf des Hufeisens, welches die zusammengerückten, weißgedeckten Tische bildeten, saßen die Verlobten. George streichelte ihren Arm. Jeder sah, wie verliebt er war. So hatten sie ihn noch nicht erlebt. Sie kannten ihn nur als zurückhaltenden Eigenbrödler. Man lächelte nachsichtig. Miriam war verliebt in sein Verliebtsein. Sie war zärtlich zu ihm.

Sie lernte neue Gesichter kennen, eine unbekannte Familie, die neugierig auf sie war. Aus ihrem Munde wollten sie hören, wie die Romanze mit George begonnen hatte. Aus ihm hatten sie nur Bruchstücke herausbekommen.

»Eine Woche hier«, erzählte Miriam, »eine Woche dort«, dazwischen ein Jahr mit Briefen hin und her. Oh, wie romantisch. Jeder wünschte ihr, dass sie glücklich werden möge, alle, bis auf die Schwiegermutter. Ihr Tatti hatte Erfolg bei Frauen gehabt. Warum hatte er sich eine Fremde, die nicht einmal Autofahren konnte, ausgesucht? Er war doch mit erfahrenen Frauen ausgegangen. Sie hatte ihn sogar einmal in der Konzerthalle mit einer eleganten Dame im Nerzmantel gesehen. Miriam würde eine Amerikanerin werden müssen, sagte sie. Sie würde die Bräuche dieses Landes lernen. Ihr Tatti war schließlich ein Amerikaner. Beim Kuchen schluchzte sie. Sie hatte ihren Sohn verloren, an eine Fremde.

An Rosch Haschana schritten Mutter und Vater mit Miriam in praller Sonne zur Synagoge des Kantors Jankele Fischbein. In dieser Stadt der Autos waren die Juden an ihren Feiertagen die einzigen Fußgänger und um diese Zeit war der breite Gehsteig des Beverly Boulevards gewöhnlich ganz leer. Der Kantor hatte Eintrittskarten für die Gäste aus Deutschland besorgt. Früher einmal war die Synagoge ein Kino gewesen. Ein buckliger, humpelnder Platzanweiser an der Doppeltüre führte sie auf ihre reservierten Plätze in der zwölften Reihe. Männer und Frauen saßen zusammen. Vorne die Bima wie eine Bühne. Zu beiden Seiten Blumensträuße. Bequeme Plüschsitze, Klimaanlage. Vorne ein Schauspiel, eine Oper. Keinerlei Traurigkeit wie eine Glocke über den Betenden, den Singenden. Nur – Jankele war nicht Amerikaner. Er betete wie Miriams Vater. Das Hebräische ihrer Kindheit mit der aschkenasischen Betonung. Das kannte Miriam. Man dankte dem Schöpfer, dass der Krieg in Israel rasch und siegreich vorübergegangen war, und die Männer erhoben sich, einer nach dem anderen, von ihren Plätzen und verkündeten Dollarbeträge als Spende für die Zukunft und das Weiterbestehen des Zufluchtlandes der Juden. Ihr Ehrenwort galt so viel wie Bargeld. Jankele sang und er dirigierte den Chor, ein Bass, ein Tenor, ein junger Sopran und ein Falsett, drei fettleibige Männer und ein dünner Junge in weißen Umhängen. Aus den vertrauten Melodien der Liturgie hatte Jankele selbst, und zum Teil unter dem Einfluss des amerikanischen Chors, flotte Märsche und manche erstaunliche Arie gemacht. Der fromme Jankele aus orthodoxem Hause war Kantor in einer konservativen Synagoge. Seinen Lebensunterhalt bestritten die Gemeindemitglieder mit ihren Beiträgen. Dafür lieferte er ihnen einen Gottesdienst, der eine Mischung von mozartischem und rossinischem Chassidismus war. Auch Verdi und John Philip Sousa hätten sich in Jankeles Synagoge zu Hause gefühlt. Der entzückte Vater, in einem Gefühlstaumel, der an Raserei grenzte, wiegte sich mit dem Gebetbuch neben der Babtsche und, beeindruckt vom kalifornischen Gottesdienst, bewegt von der heimischen Babtsche und von Jankeles Klängen gerührt, begann ernstlich zu erwägen, ob er Deutschland nicht doch endlich verlassen sollte.

Er besprach das mit den Landsleuten am zweiten Nachmittag von Rosch Haschana am Esszimmertisch in Poltscha Kessels spanischem Haus. Keiner hatte sich auch nur um ein Haar verändert. Zwei Jahrzehnte später sah jeder so schön aus wie nach der Befreiung. Nach zwanzig Jahren hätte man einander sofort wieder erkannt, beteuerten die erschrockenen Eltern. Und man bestätigte der Mutter, dass sie noch hübscher sei als damals. Der elegante Vater mit den glänzenden Schuhen war der Jecke, die gepflegte Mutter eine reizende Frau, und die frisch verlobte Tochter war die Glückliche, die aus Deutschland Gerettete, aus der man geschwind eine Amerikanerin machen würde. Man pries das Land Amerika, in dem es einem Juden gestattet war, ein jüdisches Leben zu führen. Man pries die amerikanischen Präsidenten, bei deren Amtseinsetzung sogar ein Rabbiner anwesend war. Sie aber kam aus dem Land, das Gaskammern und Verbrennungsöfen für Menschen errichtet hatte. Was war das für ein Land, fragten sie. Und sie fragte, was konnten denn jene, die damals, das »Damals« lag nicht weit zurück, die also in dem »Damals« Kinder waren, oder diejenigen, die erst nach dem Morden zur Welt gekommen waren, was konnten die dafür, dass ihre Omas und Opas, ihre Mütter und Väter, die Onkel und Tanten nicht über Juden reden wollten. Die unschuldigen Deutschen mit den Alten, die nichts sagen wollten, sie taten ihr leid.

Hie und da warfen die Landsleute amerikanische Brocken in das Jiddische. Sie waren stolz darauf, dass sie sich in Amerika eingelebt hatten. Eingelebt, jedoch nicht assimiliert. Sie hatten an ihrem Glauben und an ihren Bräuchen festgehalten. Sie hatten ihre Synagogen, ihre Schulen, ihre Schächter, ihre koscheren Metzgereien, Delikatessenläden und Bäckereien. Sie lebten mit ihresgleichen und fühlten sich frei in der Welt, die sie sich geschaffen hatten. Auf die Juden, die in Deutschland geblieben waren, blickten sie herab. Und sie gaben an mit ihren Englischkenntnissen. In leuchtenden

Farben beschrieben sie das Leben in Kalifornien. 'Man geht und holt das car fin der Garage.' 'Man geht und drived zum Yam nach Santa Monica.' 'Man saved die Dollar.' 'Und alles ist für die Kids.' 'Sollen sie nur well und happy sein und Chassene haben.' 'To meet auf Simches.' 'Bist du crazy?' 'Heimische Menschen.' 'Listen, Schimek, so ist das Leben hier in Amerike.' 'Was willst du? Der Mensch ist nichts wert, nur der Dollar. Der Dollar ist König. Wer schert sich hier darum, ob du ein Professor bist, ein Gelehrter eppis? Kannst du dir dafür etwas kaufen?'

So ein Englisch könne Miriams Mutter noch verstehen, meinte sie.

»Siehst du«, sprach Poltscha Kessel auf sie ein, »du würdest hier schon zurechtkommen.«

»Aber was soll ich denn hier tun?«, fragte Miriams Mutter. »Wie sollen wir hier Geld verdienen? Soll ich in einem Friseurladen arbeiten? Das Haar auf dem Fußboden zusammenkehren? Oder Köpfe waschen?«

»Irgendein Geschäft könntet ihr doch eröffnen oder übernehmen.«

»Ohne Sprache? Wie stellst du dir das vor? Ihr seid jung gewesen, damals. Für uns ist es zu spät.«

Nach der Challe, nach den Apfelschnitten mit Honig, als sie den Feiertag mit Kerzen, Wein und Gebeten verabschiedet und einander ein gutes neues Jahr gewünscht hatten, rauchten sie im Wohnzimmer. Im langen Gang an der Wand des spanischen Hauses hingen Petit Points in bronzenen Rahmen und die toten Juden von Poltschas Familie. In Schwarzweiß hingen sie dort, die kleinen Kinder und die alten Leute. Und ein großes Bild von einem jungen Mann mit dem gelben Judenstern an einer Uniform. Ein Soldat? Mit einem gelben Stern aus Filz? Die Lippen und Wangen waren rötlich angehaucht, die Aufnahme retuschiert. Das Bild hatte etwas Überirdisches.

»War er nicht schön?«. Poltscha lächelte stolz neben Miriam und wies auf das Bild. »Das ist mein gottseliger Bruder.«

»Hast du gesehen, wer dort bei ihr an der Wand hängt?« fragte die Mutter unter den Palmen auf dem Heimweg.

»Ein guter Mensch ist die Poltscha, das gebe ich zu« betonte sie, »aber wie sie so etwas tun kann, ist mir unbegreiflich. Ihr gottseliger Bruder! Ha!«. Sie lachte verächtlich. »Weißt du was er war? Ein Verräter war er. Ein Verbrecher. Ihn hängt sie an der Wand auf. Ein Mörder. Und jetzt tut sie so, als ob er ein Heiliger wäre.

Aber wo.

Ein Polizist war er. Ein jüdischer Polizist.

Für die Deutschen hat er gearbeitet.

Die ganze Familie hat er verraten.

Sie waren doch versteckt.

Er hat sie preisgegeben um seinen eigenen Kopf zu retten.

Geholfen?

Einen Dreck hat es ihm geholfen.

Am Ende hat man ihn erschossen.

Und jetzt hängt sein Bild an einer Wand in Kalifornien.«

Der jüdische Drucker in der Fairfax Avenue erklärte ihnen, dass er kein Muster für eine Hochzeitseinladung in hebräischer und englischer Sprache zugleich hatte. In der örtlichen Kazettgesellschaft war sie das erste Kind der zweiten

Generation, das heiraten würde. Die übriggebliebenen Juden, die nach dem Zweiten Weltkrieg Hochzeit feierten, hatten keine oder bescheidene Einladungen verschickt, womöglich in deutscher Sprache. Fast alle von ihnen hatten nach der Befreiung irgendjemand, der noch am Leben war, geheiratet. Ein jüdischer Freier erblickte eine Schöne beim Bügeln im DP-Lager von Föhrenwald. Ihr Haar leuchtete auf im Sonnenlicht, und es war Liebe auf den ersten Blick. So war es. So viele der übereilten Vermählungen nach dem Kazett hatten auf deutschem Boden stattgefunden.

Einladung

Wir beehren uns, Sie zu der am Sonntag, 7. April 1946,
nachmittags 16 Uhr im Gasthaus »Gößwein« in Freising,
untere Hauptstraße, stattfindenden

H o c h z e i t s f e i e r

ergebenst einzuladen

Das Brautpaar.

Der Druck war schwarz, das Papier braun. Ein Kärtchen. Und ein winziges Foto für die Tochter zum Anschauen. Mutter und Vater. Ein Jahr nach den Gaskammern. Hochzeit in Bayern. Auf Deutsch. Freising hatte vor der Judenverfolgung ein paar jüdische Familien gehabt. Sie verschwanden spurlos über Nacht. Und nach dem Krieg? Junge Juden quartierten sich im »Gasthof zur Gred« in der Bahnhofstraße ein und holten dort nach, was sie versäumt hatten. Und dann kamen die Kinder auf die Welt. Wieder Juden in Deutschland. Nein. Kein Deutschland mehr für Miriam.

Ein gescheiter Jeschiwa-Schüler übersetzte den englischen Text für die Einladung ins Hebräische. Vielleicht stimmte alles nicht so genau auf dieser Einladung, aber, immerhin, sie sah aus wie eine Einladung zu einer jüdischen Hochzeit.

Vater und Mutter wohnten zwei Wochen lang bei Mrs. Anton in Onkel Philips Nachbarschaft. Vater legte jeden Morgen den Gebetsriemen an. Das hatte er, als Miriam noch zu Hause lebte, nicht getan. Der schwarze Lederriemen auf der weißen Haut, der viereckige, schwarze Behälter auf der Stirn, das gestreifte Gebettuch. Er kam ihr unheimlich vor. Das war nicht mehr der Vater, den sie kannte. Was hatte ihn dazu bewogen? War genug Zeit vergangen nach dem Morden, dass er wieder an Gott glaubte?

Mrs. Anton war aus Polen, mit einer Nummer am Arm, eine noch junge alte Frau. Sie dünstete gute Leber mit Zwiebeln. Nach der Befreiung hatte sie ihren Onkel geheiratet und ein geistig behindertes Kind zur Welt gebracht. Mann und Kind waren tot. Sie freute sich über die zahlenden Hausgäste. Den Eltern tat die linde Luft in Kalifornien gut. Das fromme jüdische Leben erinnerte sie an das, was vor dem Zweiten Weltkrieg gewesen war, und der Vater begeisterte sich für die Tankstellen und den Car-Wash in der La Brea Avenue mit dem zwei Meter großen Reklamemann aus gelbem Plastik in der breiten Einfahrt. Sie beschlossen, auch die zweite Tochter aus Deutschland fortzuschicken. Poltscha Kessel wollte sie aufnehmen, Mrs. Anton auch. Larry Diener würde für sie bürgen als zukünftiger Arbeitgeber. Ein jüdisches Kind in Deutschland war ein Anlass, Wohltätigkeit zu üben.

Wer ist Moische Leibl Pinchas?

Mutter und Vater waren nach den Hohen Feiertagen nach Deutschland zurückgekehrt. Den großen Sammy hatte Onkel Philip in eine jüdische Schule an der Ostküste geschickt, in eine strenge Jeschiwa. Dort erhielt er von seiner Mutter mit der Post in den von ihm selbst adressierten Briefumschlägen das heimlich Abgesparte von ihrem Haushaltsgeld.

Georges zwei Tanten luden Flos Freundinnen zu einem Brautempfang in einem Piratenschiffrestaurant in der Bucht von Marina-del-Rey ein. Von der Decke hingen goldfarbene und königsblaue Glaslampen in weißen Netzen zwischen Töpfen mit Farnkraut. An der eichenen Wandtäfelung waren überkreuz Dolche befestigt. Wieder steckte man eine Nadel mit einer Orchidee an ihr Kleid. Sie wurde mit Geschenken überschüttet. Sie bekam Töpfe, ein elektrisches Messer, einen elektrischen Büchsenöffner, einen elektrischen Mixer, einen elektrischen Popcornpopper, eine elektrische Heizplatte, ein türkises Bügeleisen, einen Toaster und eine Klapptischgarnitur. Unter den Gästen war auch Tante Dolly mit schwarzer Hochfrisur und im neuen Kostüm. Die Tante von der anderen Seite, so stellte man sie vor. Sie fühlte sich nicht wohl zwischen all den unbekannten Frauen mit der amerikanischen Aussprache. Sie war die Ausländerin mit dem starken Akzent, der falschen Grammatik und den altmodischen Ansichten. Sie passte nicht dazu. Georges Mutter und die Tanten lächelten gönnerhaft, herablassend. Lächerlich war sie? Ihre Manieren und ihre Sprache sonderbar? Miriam fand die anderen sonderbar. George kam zum Kuchen und knipste die Braut zwischen den ausgepackten Töpfen und den fremden Frauen.

George hatte noch dieselben Feunde, die er in der Highschool gehabt hatte. Das waren die Boys. Sie nannten sich Chuckie und Howie und Eddie und Teddy und Tommy, und den Ältesten unter ihnen, den Ersten, der sich seiner Erfolge bei Frauen gerühmt hatte, nannten sie den »Profi«. Die Boys mit den niedlichen Namen waren jüdische Männer. Alle hatten sie Bar Mitzwas gefeiert und keiner fastete an Jom Kippur. Drei waren verheiratet. Sie luden das Brautpaar ein. Das flimmernde Fernsehgerät dominierte. Auf Klapptischen standen Plastikschüsseln mit Kartoffelchips, Cornchips und Dip, auf einem Wägelchen Whisky-, Rum- und Wodkaflaschen, und die Boys mixten alkoholische Getränke mit merkwürdigen Namen wie Harvey Wallbanger, Tom Collins und Bloody Mary.

Gewisse Andeutungen und leichtfertig hingeworfene Bemerkungen in den Pausen der Fernsehübertragung bezogen sich auf Georges Liebesabenteuer. Ein berüchtigter Frauenheld! Ein erfahrener Mann, tröstete sich Miriam. Und man diskutierte die Ergebnisse des letzten Fußballspiels.

Allnächtlich rief er sie vom Bett in seiner Junggesellenwohnung in ihrem Bett in Fairfax an und flüsterte durch den Draht wie köstlich, wie schmackhaft sie sei. Er beschrieb was er mit ihr in der Hochzeitsnacht anstellen würde. Eindringen würde er in ihren Körper und er würde sie genießen, entjungfern und verzehren. Sie konnte es kaum erwarten.

Der Höhepunkt jeder Woche war der Samstagabend, an dem Miriam und George mit Bekannten, Verwandten oder seinen Freunden in einem dunklen Restaurant speisten, ihre Hand auf der Innenseite seines Oberschenkels, am Schießeisen sogar, seine, sie bremsend, auf ihrer. Und danach küssten sie sich im Auto oder auf dem Sofa ihres möblierten Zimmers in der Formosa Avenue. Er lutschte an ihren Brüsten. Sie wiegte ihn wie ein Kind.

Thanksgiving, der wichtigste Feiertag in Amerika, wurde im Haus der Schwiegermutter gefeiert. Die Männer saßen mit Whiskygläsern im Family Room und sahen sich ein Fußballspiel im Fernsehen an. Ab und zu schrillten wilde Schreie durch das Haus. Die Frauen standen in der Küche herum und warteten auf den Truthahn, der im Ofen brutzelte und die Räume mit seinem Duft erfüllte. Man kaute rohe Sellerie- und Karottenstäbchen.

Der belesene Ehemann der kinderlosen Tante wanderte in die Küche, ein Whiskyglas in der Hand. Mit seinen Pausbacken, dem schmalen Schnurrbart und den winzigen Äuglein glich er einem müden Goldhamster. Er stellte sich direkt vor Miriam hin. Er wolle mit ihr über ihr Land sprechen. Es sei dringend, sagte er. Ein gebürtiger Kalifornier aus Boyle Heights, der ersten jüdischen Ansiedlung in der Metropole, war er in seinen 53 Jahren noch nie außerhalb Kaliforniens gewesen. Fußballspiele interessierten ihn nicht. Miriam folgte ihm ins Wohnzimmer, in das niemand hinein sollte, das sauber dastand, um nur bewundert zu werden, weg von dem Gedröhne des Fernsehers. Dort hielt er ihr einen Vortrag über die Teutonen, die Kreuzzüge, die Reformation und gelangte schließlich über den Dreißigjährigen Krieg zu

Otto von Bismarck, von dem es nur ein Sprung war zum deutschen Kaiser Wilhelm dem Zweiten mit der Spitze auf dem Helm, Sarajewo und Mobilmachung. Nichts gegen sie persönlich, sagte der belesene Onkel, schlug die Hacken zusammen und salutierte. Und schrie auch noch »Heil«. Er nannte ihre Heimat das Land barbarischer Hunnen, die beide Weltkriege begonnen hatten. Jedesmal, wenn Miriam ihn unterbrach, sagte er, sie solle ihm nicht übelnehmen, dass er nichts Erfreuliches über ihr Land zu sagen hätte. Sie müsse den Tatsachen nun mal ins Auge blicken, er spräche nur die Wahrheit! »Verstanden?«

Dann fing er an, sie über die Entbehrungen der Ansiedler der amerikanischen Ostküste zu belehren. Er beschrieb das erste Festmahl der Pilgerväter und ihrer Angehörigen in Plymouth im Jahre 1621 mit den Leuten des eingeborenen Wampanoag Stammes. Am Thanksgiving erinnerte man sich an das historische Ereignis, und man gedachte der tapferen Puritaner, und die Nation sagte Gott Dank für Ernte und Gesundheit. »Verstanden?«. Er warf mit Daten und Orten um sich. Er bestand darauf, dass sie ihm ihre ungeteilte Aufmerksamkeit schenkte. Schweifte ihr Blick auch nur eine Sekunde von seinen Hamsteräuglein ab, wurde er ungeduldig und regte sich auf: »Nein, bitte hör zu, es ist wichtig.« Sein Gehirn hatte die amerikanische Geschichte so gründlich gespeichert, als hätte er sie beim Kaffee am Morgen in der Zeitung gelesen. Die Welt liebte die Amerikaner nicht, sagte er, aber sie brauchte sie. Amerika hielt die Welt zusammen. »Da hast du es.«

Die Hälfte des Fußballspiels war vorüber. »Half-time«, hörte sie. Sie flüchtete. Auf dem Fernsehschirm sprangen Mädchen in kurzen Röckchen. Sie schwangen flaumige

Büschel über ihren Köpfen. Dröhnende Marschtöne und Gebrüll. Während der Pause wollte man essen und danach weitergucken. Sie deckte den Tisch im Family Room nach englischer Art: Gabeln links, Messer rechts, Löffel quer oben. Aber die Schwiegermutter sammelte die Löffel ein und legte sie neben die Messer. »Hier wird der Tisch anders gedeckt!«, betonte sie. Und dann aßen sie den gefüllten Truthahn und Maiskörner am Kolben und süße Kartoffeln und bunte Grütze. In Georges Familie war Grütze ein selbstverständlicher Bestandteil festlicher Gerichte. Der Jell-O. Die Zutaten, die Farben, die Form wurden diskutiert. Die Frauen schickten einander Grützerezepte. Sie lernte an ihrem ersten Thanksgiving in Amerika, dass Dosenkirschen und Dosenpfirsich die geeignetsten Früchte für Grütze waren. Die Männer lauschten und sie mischten sich sogar ein, weil sie die süße Grütze über alles liebten. Schimmerte die Grütze in fünf Farben wie ein Regenbogen, hatte man die höchste Stufe der Kochkunst errungen. Was konnte man dagegen zum Truthahn sagen? Man schob den fünfundzwanzig Pfund schweren Vogel morgens in den Ofen und holte ihn am späten Nachmittag wieder heraus. Doch Grütze direkt vom Kühlschrank in einem Becken mit warmem Wasser von der Blechform zu lösen und als zitterndes Kleeblatt, Riesenherz oder gar fünfeckigen Stern auf einer Kristallplatte zu Tische zu bringen, war ein Kunststück. Neben dem warmen Truthahn zerrannen die kalten Grützescheiben dann schnell auf den Tellern und färbten das Fleisch rot. Als Nachspeise gab es einen scheußlichen Kürbisbrei in einer Teigkruste, mit Cool-Whip-Ersatzschlagsahne oben drauf oder Vanilleeis daneben, auf Papiertellern vor dem Fernsehapparat, und, in Bechern aus

Pappe, schwarzen Kaffee aus einem elektrischen, glucksenden Aluminiumtopf, der dreißig Tassen fasste.

Die Hochzeit rückte näher. Jeden Tag schien die Sonne. Kein Wölkchen am Himmel. Sie suchten eine Zweizimmerwohnung in Inglewood, am südwestlichen Rand der Stadt, einer Gegend, die nicht weit weg von seiner Arbeitsstätte lag. Von einem Wald war dort nichts zu sehen. Die Hügel eines Friedhofs, das Internationale Haus der Pfannkuchen mit dem charakteristischen blauen Dach, vor dem die jungen Leute sonntags zum Frühstück Schlange standen, ein Drugstore, zwei riesige Supermärkte mit Hunderten von Parkplätzen, ein Bob's Big Boy Restaurant, Autowerkstätten, Tankstellen und der Freeway waren in unmittelbarer Nähe.

Die Appartementhäuser waren rechteckige, dreistöckige Kästen mit großen Schiebefenstern, Klötze auf Betonpfeilern mit den geparkten Autos der Mieter unter dem ersten Stock. Trotz verheißungsvoller Namen wie Belvedere, Villa Coublay, Cedar Capri und Kings Court, konnte sich Miriam einen romantischen, einen leidenschaftlichen Anfang ihrer Zukunft mit George, ein Zuhause in diesen verputzten Behältern nur mit großer Mühe vorstellen. Vor den Eingängen stand auf einem Schild in roten Druckbuchstaben »No Vacancy« oder nur »Vacancy«. Noch Anfang der Dreißiger Jahre stand vor einigen derartiger Wohnhäuser: »KEINE JUDEN UND HUNDE ERWÜNSCHT«. Die Hausverwalter saßen immer vor dem Fernsehgerät, wenn George und Miriam klingelten. Schlüssel in der Hand schlurften sie in Pantoffeln zu der jeweiligen freistehenden, frisch getünchten Wohnung und ließen Miriam und George dort allein. George schritt auf dem Teppichboden die Wände entlang, setzte einen Schuh vor den anderen, und kritzelte Wohnungsmaße auf einen Zettel. Er hob die schweren Deckel der Porzellantoilettentanks hoch, zog die Fenster auf und schob sie zu, doch zögerte er, nach der Höhe der Miete zu fragen. Erst wenn ihm der gleichgültige Verwalter oder die phlegmatische Verwalterin ein Antragsformular in die Hand drückte, erkundigte er sich: »Übrigens, wieviel war doch gleich die Miete?«, als hätte er es bereits erfahren und sofort vergessen, als wäre das Wesentliche etwas Nebensächliches, und er kratzte seinen Hinterkopf und stieß vor Verlegenheit mit einem Schuhabsatz die andere Schuhspitze an, so dass sein Schuhwerk ziemlich ramponiert war.

In der Beach Avenue, die nicht am Strand lag und nicht zum Strand führte, sondern zu einer Kreuzung mit einer Verkehrsampel, einem gelben Winchell's-Donut-Laden und einer Tankstelle, waren zwei Wohnungen frei, eine im »BEACH HILL«, einem braunen schmalen Kasten, die andere im »LIDO« mit einem Dach aus drei eleganten Bögen. Die dreistelligen Hausnummern waren so groß an der Fassade angebracht, dass sie der Kurzsichtigste nicht hätte verfehlen können. Vor dem »LIDO« wuchs Gras zwischen dem Fußweg und dem Haus. Eine Hecke stand vor der Mauer zu beiden Seiten des Eingangs. Zwei Pinien ragten zwischen den Telefondrähten in den Himmel. Im Innenhof gab es einen nierenförmigen Swimmingpool, eiserne graue Liegen mit geblümten rissigen Plastikpolstern und einen runden Tisch mit Sonnenschirm. Um das türkise Wasser erhoben sich die drei Stockwerke mit goldenen Nummern an den Wohnungstüren. Nummer 203, Wohnzimmer, Küche, Bad und Schlafzimmer im zweiten Stock des Lido, für 140 Dollar Miete im Monat, wählte George als das neue Zuhause für sich und die Little Woman. Am Ende des Wohnzimmers führte eine gläserne Schiebetür auf einen verglasten Balkon mit weiß-gefleckteem, hellgrauem Steinboden. Es war ein geeigneter Platz für Georges Schreibtisch und Bücherregale aus dem Jungenzimmer des mütterlichen Hauses. Der Blick vom verglasten Balkon, von der Küche und vom Schlafzimmer ging zur Einfahrt mit den gedeckten Parkplätzen unter den Wohnungen und auf das Appartementhaus nebenan.

Die Schlafzimmereinrichtung war der wichtigste Bestandteil des Hausrats eines frischverheirateten Paares. Sie liefen von Möbelhaus zu Möbelhaus. Alles war braun oder weiß mit goldenen Schnörkeln. Nichts gefiel ihr. Braun erinnerte sie an die Mahagonymöbel ihrer Eltern, die sie damals nicht schön fand. Weiß war kindisch. Sie bestellten apfelgrüne Schlafzimmermöbel, kauften eine Matratze, und sie wählte weiße Leintücher und Kissenbezüge mit zartrosa Gänseblümchen. Für blaue Rabattmarken, die George ein Jahr lang in ein Büchlein geklebt hatte, erhielt er in einem Rabattmarkeneinlösezentrum eine blaugrün geblümte Steppdecke aus Polyester.

George brachte Miriam in eine Klinik in Inglewood zu einem Frauenarzt. Er hieß Dr. Summer und war ein Freund der Familie.

»Call me Bob«, schlug er vor, als sie nackt mit zwei Papiertüchern über Brust und Unterleib auf dem Untersuchungstisch mit den stählernen Steigbügeln lag. Er maß ihren Blutdruck und betastete sie nur, und legte ihr ein Rezept für die »Pille« auf das Tuch über dem Bauch. Er empfahl Kerzenlicht und Wein zur Entspannung in der Hochzeitsnacht.

Sie hatten den Bluttest gemacht und die gesetzliche Heiratsurkunde des kalifornischen Staates in Händen. Nun wollte Miriam endlich entjungfert werden, vor der Hochzeitsnacht noch, im Doppelbett seiner möblierten Junggesellenwohnung. George aber wusste seine Leidenschaft zu zügeln. Er war ein romantischer Mann. Unberührt würde sie vor dem Rabbiner stehen.

Dann machten sie einen Rundgang durch den FOOD-GIANT-Supermarkt. An Lebensmitteln, machte George ihr klar, wolle er nicht sparen. Vor der Kühltruhe der zwölf Meter langen Fleischabteilung wies er auf die sieben Sorten von Steaks und erklärte ihr geduldig den Unterschied zwischen einem T-Bone-Steak und einem Porterhouse-Steak. Das Porterhouse-Steak kostete zehn Cent mehr pro Pfund als das andere, weil es außer dem langen Stück Fleisch zur linken Seite des T-förmigen Knochens, auf der anderen Seite ein zusätzliches Stück besonders zarten Fleisches besaß. Und so sei es klüger, anstatt des größeren T-Bone-Steaks ohne den Zipfel zarten Fleisches, ein kleineres Porterhouse-Steak zu wählen, weil ja das Bedeutende dieser ausgefüllte Winkel war, das kostbare, das so zarte Fleisch unter dem rechten, oberen Arm des Ts. George blickte sie zärtlich an und führte sie zu den Lambchops. Diese gab es in zweierlei Sorten. Eine kam von der Schulter, die andere von der Rippe. Hier war der Preisunterschied beträchtlich. Aber wieder betonte George die Wichtigkeit der Qualität des Fleisches, wobei sie nicht vergessen sollte, auf die Sonderpreise in der Donnerstags- und Sonntagszeitung zu achten.

Georges Mutter weinte. Keine Frau würde ihren Sohn so voller Hingabe betreuen wie sie. Niemand verstand ihn so gut wie sie. Wer war denn schon die Braut? Eine Fremde! Sie begriff nicht was ihr Sohn so schön an ihr fand. Sie nannte Miriam einen Nebbich.

George war der Liebling seiner Mutter. Der jüngere Sohn machte ihr Kummer, denn er verdiente noch kein Geld und sie musste ihn unterstützen. Wenn sie vor ihm Tränen vergoss, drehte er sich um und ging davon. Er war ein braungebrannter Rennfahrer, der sich selten blicken ließ. Wenn sich seine Mutter telefonisch meldete und ihn zufällig zu Hause erwischte, sagte er geschwind, »einen kleinen Augenblick«, und reichte seiner Frau den Telefonhörer. Thanksgiving hatte er keinen Truthahn gegessen, weil er als Kind beobachtet hatte, wie der russische Vater seines Vaters in seinem New Yorker Metzgerladen Hühnern die Köpfe abhackte. Seitdem aß er nur Würste und gehacktes Rindfleisch. In dieser verarbeiteten Form erinnerte ihn das Fleisch nicht mehr an das lebende Tier. Der Rennfahrer hatte eine Kunststudentin aus einer jüdischen Familie in Texas geheiratet. Sie fuhr barfuß Auto und konnte sogar einen Lastwagen lenken. Und sie kochte Hunderte von Hackfleischgerichten. George sagte, seine Schwägerin sei ein Schatz. Der Rennfahrer und seine Frau feierten Weihnachten mit einem Topf voller kleiner Fleischklößchen in Tomatensoße, einem Tablett winziger Würstchen in Teig eingewickelt, im Ofen angebräunt, Chips und Dip, Zigaretten und Punsch und Geschenken unter einem geschmückten Christbaum mit einem goldenen Engel auf der Spitze. Sie luden die Familie ein. Zwar entrüsteten sich die Tanten, Onkel und Kusinen, »So eine Schande, das ist unerhört!«, doch alle kamen zur Bescherung.

Dann fuhren Miriam und George zum Rabbiner der Synagoge von Inglewood, in der George täglich nach der Arbeit das Trauergebet für den Vater sprach. Das gehörte sich so. Bis sich der Todestag jährte, würde er für den Vater beten. Er wollte damit seine Versäumnisse gegenüber seinem Vater gutmachen. Anfangs hatte er aus dem Gebetbuch langsam und stockend gelesen, weil er das vor seiner Bar Mitzwa gelernte Hebräisch vergessen hatte. Bald aber hatte er den Rhythmus und das Tempo der übrigen Betenden eingeholt, und nun pries er den Schöpfer jeden Tag mit den anderen in einer rasenden Rezitation in einem Wettrennen der Hinterbliebenen.

Als die Mutter der Braut ihre Hände für die Unschuld der Tochter auf den Tisch im Restaurant gelegt hatte, hatte er den Rabbiner reserviert. Er kostete fünfzig Dollar. George hatte seine drei jüdischen Namen auf einem karierten Stück Papier mitgebracht. Miriam sah sie zum erstenmal. Moische Leibl Pinchas? War das der amerikanische Patriot neben ihr im Sessel vor dem Schreibtisch des Rabbiners? Wer war Moische Leibl Pinchas? Der Rabbiner notierte sich die Namen. Die jüdischen Namen der amerikanischen Eltern standen auf einem zweiten Zettel, den George aus der Hosentasche zog. Der Rabbiner schrieb sie sich auf. Wo blieben die Amerikaner? Die jüdischen Namen hatten nichts mit den amerikanischen gemeinsam. Sie fingen nicht einmal mit denselben Buchstaben an. Was hatte denn Flo mit Leah Rivka zu tun? Die alten jüdischen Namen passten ebenso wenig zu den hiesigen Assimilierten wie die neuen amerikanischen Namen zu den zugewanderten Juden mit ihren Einbürgerungsurkunden im Tresorfach. Miriams Eltern hatten keine

Namen gesammelt. Ihre jüdischen Namen waren ihr nicht fremd, sie brauchte keine Zettel.

Der glattrasierte Vertreter des konservativen Zweigs des Judentums beugte sich über den Schreibtisch und gab George seine Zettel zurück. Er fragte warum sie heiraten wollten. Liebe reiche nicht aus, meinte er. Ein jüdischer Mann und eine jüdische Frau, die ein Bett teilten, übernähmen eine Verantwortung innerhalb der Gesellschaft und eine Pflicht ihrem Volke gegenüber. Das Haus Israel hätte seinen Kern in der Vereinigung zwischen Mann und Weib, sein Leben und seine Zukunft in ihrem jüdischen Heim mit ihren Kindern. Was, fragte er, bedeutete den Brautleuten das Judentum? Und er lehnte sich erwartungsvoll zurück in seinem Ledersessel, schloss die Augen und legte den Zeigefinger auf die Lippen. Zunächst herrschte Schweigen.

»Ja,« sagte George dann endlich, und, »Ah«, »Also«, »Hm«, und schließlich erwähnte er die koscheren Großeltern und die zwei Meter lange Challe seines Bar-Mitzwa-Buffets. Nein, seine Mutter hatte weder Schabbatkerzen noch Chanukkakerzen angezündet. Er liebte Matzebrei zum Frühstück an den Tagen des Pessachfestes. Mit dem Großvater aus Odessa, der nicht mehr lebte, hatte er sein Lieblingslied »Chad Gad Yahahaha, Chad Gad Ya« am Sedertisch gesungen. Die Matzeknödelsuppe der Grandma aus Brest-Litowsk pries er und ihre knusprigen Latkes zum Chanukkafest. An Rosch Haschana pflegte er sich ein paar Stunden von der Arbeit frei zu machen für die Synagoge und er war stolz auf seine Selbstdisziplin, die es ihm ermöglichte, am Versöhnungstag zu fasten. Der Rabbiner nickte und wandte sich an Miriam.

Die Mutter jeden Freitagabend schluchzend über den Schabbatlichtern, Jahrzeitkerzen auf dem Esszimmertisch, Herbstblätter um die Bilderrahmen der Toten an den Wänden der deutschen Wohnung zum Laubhüttenfest, Lieder, Lieder und Tränen, Tränen. George blickte sie verwundert von der Seite an.

Miriam und George versprachen dem Rabbiner, dass bei ihnen kein Christbaum stehen würde. Sie versprachen, ihre Kinder in den Traditionen des jüdischen Glaubens zu erziehen. Der Rabbiner machte Miriam auf ihre Verantwortung als jüdische Ehefrau und zukünftige jüdische Mutter aufmerksam. Das Wort »jüdisch« hing schwer und drückend im Raum. Es war alles so todernst, dass Miriam sich fragte, wo Lust und Leidenschaft hier noch einen Platz hatten. Sie wollte doch lieben und geliebt werden. Sie wollte romantische Nächte erleben. Mit einem Mann nackt im Bett liegen. Warum sollte sie sich nun als Glied in die jüdische Geschichte, Gegenwart und Zukunft einreihen wie in einer Arbeiterschlange zur Schichtarbeit in der Fabrik?

Als sie gingen, schenkte ihr der Rabbiner eine blaue Schachtel weiße Kerzen. Er hoffte, dass sie, Tochter des Landes Israel, die ehelichen Schabbatabende ihrer gottgegebenen Lebensjahre mit Lichtern heiligen würde.

Glück

Auf Miriams Hochzeit im Ambassador Hotel schrieben sie sich vor dem roten Lautrec-Saal mit einer rotgefärbten Pfauenfeder in das weiße Gästebuch ein. Vierzig Juden, die das Kazett überlebt hatten, die kein gutes Englisch sprachen, und hundertzwanzig Amerikaner, die auch Juden waren, aber anders. Die einen sprachen jiddisch, die anderen englisch. Für die Kazettler hätten die Gäste des Bräutigams ebensogut vom Planeten Mars sein können.

»Das sind nicht unsere Leute«, hörte sie die Landsleute tuscheln. Nicht unsere Leute.

Sie sahen anders aus, die Kazettler. Oder war das so, weil sie wusste, wo sie gewesen waren? Und hätte sie es nicht gewusst? Was dann? Doch sie wusste es eben, und deshalb waren sie gekennzeichnet. Unsere Leute! An ihren Tischen unterhielten sie sich über Verdienst, Gesundheit und Kinder. Auf Festen war das Lager im Allgemeinen noch kein Gesprächsthema.

Die Amerikaner nannten die Konzentrationslager Camps. Mit einem Wort wurde alles Entsetzliche auf einen Haufen geworfen. Die Mutter war in den Camps? Hat man ihren Kopf rasiert? Mit Gruseln lauschten sie den Überlebensgeschichten, aber sie waren weit weg von Auschwitz. Auf Miriams Hochzeit saßen sie getrennt, die im Lande

Geborenen und die in das Land Eingewanderten. Am Abend vor der Trauung, während George die letzte Nacht seines Junggesellendaseins mit den Boys durchfeierte, hatte sie ihre nassen Haare auf sechs Zentimeter breite Lockenwickler mit harten Borsten gedreht und sich mit einem Netz über dem Kopf auf dem Kissen gewälzt. Am Morgen lagen die Haare glatt und glänzten wie die von Sophia Loren. Mit einem Taxi war sie durch leere Straßen alleine zum Ambassador Hotel gefahren. Ihr Empire Kleid war aus Seide, Chiffon und Spitze. Sie trug einen glitzernden Stirnreif mit kurzem Schleier, und Pumps aus Satin. Mutter und Vater führten sie über den weißen Läufer zwischen Blumen und hohen Kerzen zur Chuppa aus Tüll und weißen Blüten. George wartete dort im geliehenen Frack zwischen Kantor und Rabbiner.

Die frommen Frauen hatten gefragt, ob sie in der Mikwe gewesen sei. Die Mutter hatte sie angelogen und ja gesagt. Die Mikwe war ein Bad, in dem einem alte Frauen die Fingernägel abschnitten. Frauen gingen dort hin vor der Hochzeit, aber nicht Miriam. Einen Schönheitssalon hatten sie es genannt. Sie wollte nicht nackt vor fremden Frauen im Wasser stehen. Ihr graute vor den frommen Bräuchen. Sie hatten ihren Platz im Altertum.

Die frommen Männer hatten gefragt, was für ein Boy der Bräutigam sei. Er war einer, entgegnete der Vater stolz, der tagtäglich das Trauergebet für seinen gottseligen Vater sprach.

Die Mütter schluchzten hemmungslos unter der Chuppa im Lautrec-Saal, ihre vielleicht wegen der Jungfrauengeschichte, die hiermit zu Ende ging, und seine über ihren verlorenen Sohn. Vor der Prozession der Familienmitglieder über den Läufer zur Chuppa, hatte die Schwiegermutter im rosa Kleid der Brautmutter im hellblauen Kleid das silbergraue Nerzjäckchen von der Schulter gezerrt und gezischt: »Das ist hier nicht üblich!«

Als Erste war die Großmutter leicht schwankend am Arm des belesenen Goldhamsteronkels über den Läufer geschritten. Die Kazettler klatschten Beifall. Die Großmutter lächelte bescheiden in ihre auf der ockerfarbenen Seide befestigte Orchidee hinein. Auf ihren Fersen folgte der Rennfahrer. Als ob er die alte Dame überholen wollte, zerrte er seine missmutige Mutter den Läufer entlang, die drei Stufen hinauf unter die Chuppa, und schob sie hinter den Bräutigam.

Miriams Schwestern waren Brautjungfern. Der kleine Stevie, geschrubbt und gekämmt, im blauen Anzug, trug mit feierlicher Miene auf einem weißen Seidenkissen die Eheringe. Vom großen Sammy war ein Glückwunschtelegramm aus der Jeschiwa an der Ostküste eingetroffen. Die guten und die schlechten Kinder aus New York und Montreal hatten die Tanten zu Hause gelassen.

Miriam war mit ihrem Brautsein beschäftigt. Unter der Chuppa, hinter der Brautmutter stand ihre kleine Schwester, die Jüngste, tränenüberströmt. Sie war dreizehn Jahre alt. Die deutschen Ärzte hatten ihr Beruhigungstabletten verschrieben. Das Kind hatte Angst. Angst, sich einen Hot Dog zu kaufen, Angst, die Straße zu überqueren, Angst vor Menschen, die sie anlächeln sollte, obwohl ihr die Tränen den Hals zuschnürten. Angst vor dem Vater, dem sie seine Gewalttätigkeit verzeihen musste, weil er in Dachau fast zu

Tode geprügelt worden war, wegen einer Blechschüssel Wassersuppe, die er einem Muselmann hingeschoben hatte. So ein guter Mensch war er.

Sie hatte Zwangsvorstellungen von Adolf Hitler mit ihrer Mutter im Bett und vom Vater im Kazett. Den Eltern sagte sie nichts davon. Sie weinte nur.

»Ich will doch nicht, dass die Mutti mit Adolf Hitler im Bett liegt wie eine Hure, aber ich muss es denken, ich kann nichts dafür. Ich muss Schlechtes denken. Ich kann nicht anders. Gott wird mich strafen.« Eine Litanei von Silben. Sie stammelte, murmelte sie vor sich hin.

Als der Vater eine Woche vor der Hochzeit in Mrs. Antons Küche das achte Chanukkalichtlein angezündet hatte, da hatte Miriam die kleine Schwester durch die verschlossene Badezimmertür jammern gehört, schreien und schluchzen.

»Man schlägt Kinder nicht«, hatte Miriam zum Vater mit dem Gebetbuch in der Hand vor den Kerzen gesagt.

»Sei nur froh, dass wenigstens du aus Deutschland raus bist«, hatte der Vater entgegnet, »und sieh nur zu, wie du deine Kinder erziehst.« Er hatte das Gebetbuch zugeklappt und seine Lippen auf den schwarzen Deckel mit der goldenen Schrift gepresst.

»Warum soll sie sie nicht richtig erziehen?«, hatte die Mutter gesagt. »Sie war doch nicht im Lager. Wird sie denn schwere Eimer mit Kohle vom Keller rauftragen müssen so wie ich nach dem Krieg?«

Die Schwester schrie im Klo und die Eltern rechtfertigten sich mit Kohleneimer und Kazett.

Die Ehe würde sie befreien, erleichtern, aber was würde aus ihrer kleinen Schwester werden? An ihrem Hochzeitstag hatte sie keine Zeit für sie. Es war der wichtigste Tag ihres Lebens.

Kantor Jankele Fischbein sang, der Rabbiner betete und segnete das Paar. Siebenmal führte man sie im Kreise herum. Miriam wiederholte Wort für Wort das durch die amerikanische Aussprache des Rabbiners fremd klingende, ihr vorgesagte Hebräische, und endlich, nach den Fragen des Rabbiners, ob Moische Leibl Pinchas, Sohn von Chaim Schloime und Leah Rivka, sie, Miriam, zur Frau nehmen wolle, und ob sie, Miriam, Tochter von Schimek und Chawa, ihn, Moische Leibl Pinchas zum Manne nehmen wolle, sagte zuerst der Bräutigam, dann leise die Braut »I do«. Sie tranken den Schluck roten Wein, und George zerschmetterte mit der Schuhsohle das in eine gestärkte Stoffserviette eingewickelte Weinglas am Boden. Der nasse Kuss unter dem Schleier. Und die rosa Brautjungfern in weißen Handschuhen, Schleifen und Schleierchen eilten mit ihren Blumensträußen und weißbefrackten Begleitern zum eiligst gegeigten Mendelssohnschen Hochzeitsmarsch zwischen Kerzen und Nelken über den zerknitterten Läufer zum Ausgang mit dem rotleuchtenden EXIT.

Vor der Eheschließung, in der Brautsuite des Hotels, als die Verwandten um sie herumgestanden waren und sie bewundert hatten in ihrer weißen Pracht, da hatte die Tante aus New York sie mit feuchten Augen umarmt und neben ihrem Ohr kaum hörbar gemurmelt: »Du kannst dir nicht vorstellen, wie sehr ich dich beneide. Du bist jung. Du wirst glücklich sein. Morgen fährst du auf die Hochzeitsreise. Wie gern würde ich mit dir tauschen. Ach, wie gern, das kannst du dir nicht vorstellen. Was habe ich gehabt in deinem Alter? Ich war im Konzentrationslager.«

Die Tante aus Kanada hatte scharf gesprochen, dass es jeder hören konnte: »Ich hoffe, du weißt, wem du das alles zu verdanken hast. Wäre ich nicht gewesen, so säßest du jetzt auf deinem Hintern im Jeckeland. Ich habe dich rausgeholt. Ich hoffe, du wirst das nie vergessen.«

Und Onkel Philip hatte gebrummt: »Wie, was, ohne mich hättest du keinen George kennengelernt.«

Die Mutter hatte neben ihrem Schleier geflüstert: »Nun sag mir, bist du heute nicht glücklich, dass ich dich in England von dem südafrikanischen Krüppel weggezerrt habe? Sei froh. Du hast einen jüdischen Mann. Ist er dir nicht lieber als der Methodist, den du geliebt hast? Das hast du mir zu verdanken, nur mir!«

Der Vater hatte gesagt: »Ich habe gemerkt, dass er schlampig ist, du wirst schon Ordnung machen bei ihm und eine gute Frau sein.«

Und Flo, die Schwiegermutter, hatte geschluchzt: »Ich schenke dir einen guten Mann. Ein Musterexemplar überreiche ich dir. Er ist ein perfekter Mensch. Nichts fehlt ihm. Er ist kerngesund. Das hast du mir zu verdanken. Ich hoffe, du wirst es zu schätzen wissen und ihn gut versorgen.«

Und nun war sie Mrs. ... in einem Saal voller Kerzen, und fremde Lippen pressten sich auf ihre Wangen beim Defilee der Gratulierenden. Sie küsste die lächelnden Gesichter. Neben ihr stand die kleine Schwester, das lange, hellrosa Kleid feucht, die Wangen nass, höflich und verzweifelt. Fast zweieinhalb Jahre lang hatten sie sich nicht gesehen. Sie war jetzt größer als Miriam, obwohl sie sieben Jahre jünger war. Neben Georges Freund Lenny war sie in den engen, zum Kleid passenden amerikanischen Pumps mit einem verzerrten

Lächeln zur Chuppa gegangen und hatte mit den Müttern mitgeweint. Und hier stand Miriam, die Braut, die Gerettete, sie, die ihre kleine Schwester den Eltern ausgeliefert hatte.

Die andere Schwester, kaum zwei Jahre jünger als Miriam, hatte ihre eigenen jahrelangen Zwangsvorstellungen von Adolf Hitler im Bett mit ihrer Mutter verdrängt mit den Rolling Stones und den Beatles. Als die Psychiater sie gefragt hatten, ob sie jemals etwas Ähnliches erlebt hätte wie ihre kleine Schwester, hatte sie gelogen. Wer hätte ihr denn so etwas geglaubt? Niemand hätte sie verstanden. Und sie traute den Psychiatern nicht. Sicher hätten sie ihren Eltern davon berichtet und die Eltern hätten sie bestraft für ihre schlechten Gedanken. Miriam sollte es bitte verstehen.

»Meine Damen und Herren! Darf ich vorstellen: Heute, im Ambassador Hotel, die Neuvermählten, Mr. und Mrs. ...!« Applaus. Die Gäste hatten sich von ihren Plätzen erhoben, als er und sie in den Saal rauschten zu ihrem ersten Tanz: »Love is a Many Splendored Thing«. War es wirklich so? War Liebe herrlich? Was war denn Liebe? Und dann quetschte sich seine Mutter zwischen sie, umklammerte seinen Hals und machte ihn nass mit ihren Tränen. »Ich habe meinen Sohn verloren!«, schrie sie. »Ich habe keinen Sohn mehr! Ich bin allein, ganz allein. Mein Sohn«, schluchzte sie, »mein Sohn, er braucht mich nicht mehr. Ich bin überflüssig. Er hat eine Frau! Er hat SIE!« Ein rosaroter, behandschuhter Finger mit Brilliantring wies auf die Braut: »Sie hat mir meinen Sohn gestohlen!«

Ein weißer Flügel, Akkordeon, Geige und Bass machten jüdische Musik. Am Mikrophon sang näselnd Jankele Fischbein. Die Braut thronte auf einem Stuhl in der Mitte der

Tanzfläche. Rings um sie herum trippelte eine Kette Kazettler in schwarzen Anzügen und untertassengroßen, weißen Käppchen. Auf der Innenseite der Käppchen stand in schwarz *George und Miriam, 7. Januar 1968*. Hinter den tänzelnden Männern klatschten ihre geschminkten und toupierten Frauen den Takt. Alte Leute. Die meisten waren Ende Vierzig. Sie tanzte mit allen. Monjek, der Macher, leitete jeden Tanz mit einem eintönigen Singsang, wie in einem Rezitativ aus der »Hochzeit des Figaro«, ein. Er rief Avrumele, Duvidl, Herschele, Moische, Jossele, Pinje und Schloime und zog sie einzeln aus der Kette der Tanzenden und vor Miriams Stuhl. Mit einem Tuch zwischen ihnen, das sie in Schulterhöhe hielten, rannten die Braut und der Aufgerufene im Kreise herum wie Ponies im Zirkus, oder sie hüpften wie kleine Kinder. Die Männer schwangen George auf einem Stuhl hoch über ihren Köpfen und später warf George die Beine in der Hocke in einem Kosakentanz. Nach dem Tanzen und dem Essen, bevor die Hochzeitstorte angeschnitten wurde, holte der Vater einen Stuhl in die Mitte des Tanzbodens, dann die Babtsche, und setzte sie wie eine Puppe darauf. Er zog die Enkelkinder in einer Reihe auf die Tanzfläche. Man sollte die Babtsche ehren. George war der Letzte, der geheiratet hatte. Aus vier Enkelkindern waren acht geworden. Mit Müttern und Vätern formten sie einen Reigen um die Großmutter. Die Amerikaner sagten, es sei die schönste Hochzeit gewesen, auf der sie je waren. Die Kazettler hatten den anderen Juden gezeigt, wie man eine jüdische Hochzeit feiert.

Das Brautsein in Schleier und Prinzessinnenkleid war fast zu Ende. Auf einem runden Tisch stand die Torte vor ihr. Man reichte ihr ein Messer. Mit seiner Hand über ihren

Fingern auf dem Griff drückte sie es durch die Zuckerrosen und die koschere Ersatzschlagsahne in den Kuchen. Sie schob ein kleines Stück in seinen Mund, er zwang ein großes Stück in ihren Mund. Neben ihrem Kleid die diskrete Hand des Maitres mit einer steifen Serviette. Das Blitzlicht des Fotografen zuckte. Dann schleuderte sie die weißen Röschen im steifen Netz mit den langen Seidenbändern über ihre Schulter und rannte aus dem Saal in ihren neuen Status als Mrs. in Amerika hinein.

Sie kann nicht kochen

Was war sie schon im Vergleich zu seiner alten Freundin, der geschiedenen Frau mit zwei Kindern?

»Wenn du halb so gut im Bett bist wie Elizabeth ......«.

Sie zitterte neben ihm im Taxi auf dem Weg zum Hotel am Flughafen.

»Wenn du halb so gut kochen kannst wie Elizabeth ......«.

Kochen konnte sie auch nicht. Grünen Salat. Pfannkuchen. Wiener Würstchen. Das war alles.

»Die Ehe ist nichts als eine Gewohnheitssache«, hatte die Mutter behauptet.

Vielleicht. Hartgekochte Eier. Rühreier. Steak grillen. Erbsen in Dosen. Es würde schon klappen. Irgendwie. Kochen. Elizabeth. Bett. Das mit dem Bett würde er ihr beibringen, hatte er versprochen. Aber das Kochen! Tausendmal hatte er sie gefragt, ob sie kochen könne. Und wie sehr er sich darauf freute. Die Little Woman. In der Küche! Einmal, als sie im Hause seiner Mutter eine Schürze trug, hatte ihn die Leidenschaft überwältigt. Er hatte heftig geatmet.

Ein erfahrener Mann. Er kannte sich aus in der Welt. Aber neue Unterwäsche hatte die Mutter ihm besorgt. Neue Schuhe. Neue Socken. Sie behauptete, ihr Tatti hätte kein Talent zum Einkaufen. Seine Unterhosen hatten Löcher, die Unterhemden waren zerrissen, die Nylonsocken an den Fersen dünn geworden, die Schuhsohlen abgetreten. Wozu ist eine Mutter da?

Als sie im Hotelzimmer im rosa Negligee vom Bad auf den dicken Plüschteppich trat, sah sie ihn, barfuß, im kurzen, gelben, mit zwei riesigen weißen Knöpfen an der Hüfte geschlossenen Frotteewickelrock, das Whiskyglas auf den gläsernen Stehlampentisch stellen. Er breitete die Arme aus, sie kam zu ihm. Das steife Schießeisen im aufgeblähten Rock zwischen ihnen, als er sie mit kalten Händen vor das rauhe Frottee zog. Das Schießeisen war lang, er schob es zur Seite. Es schnellte zurück wie ein Zweig nach dem Apfelpflücken. Er knipste die Lampe aus. Er geleitete sie zum Bett. Der Rock aus Frottee glitt auf den Teppich. Er drückte sie in die Kissen. Er kniete über ihr. Er schob ihre Knie mit beiden Händen auseinander. Sie spürte ihn. Zuckendes Schwert. Er stieß es in sie hinein wie ein kämpfender Ritter.

Früh am Morgen riss sie das Läuten des Telefons auf dem Nachttisch aus dem Schlaf. Sie erkannte die Stimme ihrer Mutter. Ob ihr Kind die Einweihung ins Weibertum gut überstanden hatte? Und sie wünschte ihr viel Glück. Alles Gute für die Zukunft. Eine schöne Hochzeitsreise.

Sie war eine verheiratete Frau.

Schlaflieder

Der deutsche Pass war jetzt ungültig. Sie erhielt ein Dokument mit einer Nummer und ihrem Foto. In einer öffentlichen Zeremonie wurde sie eingebürgert. Ewige Treue zu Amerika schwor sie mit zweitausend Fremden im Parkett des Dorothy-Chandler-Pavillons.

In der ersten Reihe des dritten Balkons winkte George mit der amerikanischen Rosenknospe auf dem Arm.

Keine Deutsche mehr, auch wenn sie ihrem Kind »Schlaf, Kindlein, schlaf« und »Guten Abend, gute Nacht« sang.

Sie war die Frau, die er sich wünschte. Damit er sie lieben konnte. Sie war seine Mutter, sie war sein Kind und sie war seine Geliebte. Ihre Brüste, ihre Beine, ihr Lächeln waren sein Eigentum. Er war stolz auf seine Little Woman. Allerdings, die Prüfung mit dem Bleistift unter der Brust hatte sie nicht bestanden. Stramm war sie gestanden, den Busen hatte sie vorgestreckt, und es hatte nichts geholfen, der Bleistift war steckengeblieben.

Wer war sie? Sie gehörte an seine Seite, und doch nirgendwo hin. Nicht nach Amerika, nicht nach Deutschland. Zwar kam sie von dort, doch wagte sie es nicht, das Mitgebrachte auszupacken und als ihr Wesentliches zu betrachten. Die Schlaflieder waren ihr geblieben.

Jahre später, als sie zum erstenmal wieder auf dem Boden ihrer Heimat stand, erkannte sie manche Gerüche, die Klänge, die Geräusche. Aber neue Plätze waren entstanden, neue Straßen, es gab nicht mehr das stille Grau der Fassaden. Frische Farben überdeckten die Gesichter der Stadt, und sie war eine Fremde dort, wo sie einmal so selbstverständlich zu Hause gewesen war.

INHALT

Bitte beachten Sie auch die folgende Seite!